THEATERBIBLIOTHEK

Einen wesentlichen Teil ihrer Wirkung verdanken die Stücke von Bernard-Marie Koltès den Orten und der Zeit ihrer Handlung: Orte für Außenseiter, die man für illegitime Handlungen aufsucht und an denen man mit unangenehmen Begegnungen rechnen muss; und Zeit des Geschehens ist fast immer die Nacht.

So spielt *Quai West* im stillgelegten Teil des Hafens einer »großen westlichen Hafenstadt«. Das heruntergekommene Viertel mit einer verlassenen Lagerhalle, einem Stück leerer Autobahn, einer Mauer, durch einen Fluss von der Stadt getrennt, stellt für eine Gruppe gesellschaftlich Gestrandeter einen letzten Rückzugsort dar. Hierher kommt auch der Geschäftsmann Koch in Begleitung seiner Sekretärin, um sich das Leben zu nehmen. Ein Netz falscher Hoffnungen spannt sich zwischen den Figuren: Jeder will etwas vom anderen, und doch finden sie nicht zueinander.

Das zweite in diesem Band abgedruckte Stück, *In der Einsamkeit der Baumwollfelder*, folgt dem Handlungsmodus eines kühl kalkulierten ›deals‹: Dealer und Kunde begegnen sich an einem abstrakten Ort irgendwo in der kapitalistischen Welt. Es beginnt ein Abtasten mit Wörtern, ein sprachliches Sondieren der Angebote und Wünsche, noch bevor diese wirklich werden.

Mit dem vorliegenden Band setzen wir die Edition von Bernard-Marie Koltès' Werk in den deutschen Übersetzungen von Simon Werle fort.
Bislang sind im Verlag der Autoren erschienen:
Bitternisse / Dumpfe Stimmen / Das Erbe. Frühe Stücke
Kampf des Negers und der Hunde / Die Nacht kurz vor den Wäldern
Prolog und andere Texte
Roberto Zucco / Tabataba
Rückkehr in die Wüste
Sallinger
Flucht zu Pferd bis ans Ende der Stadt. Roman

Bernard-Marie Koltès
Quai West
In der Einsamkeit der Baumwollfelder

Aus dem Französischen von Simon Werle

Verlag der Autoren

Titel der Originalausgaben:
Quai Ouest
Dans la solitude des champs de coton

Bibliografische Information Der Deutschen Bibliothek
Die Deutsche Bibliothek verzeichnet diese Publikation in der Deutschen Nationalbibliografie; detaillierte bibliografische Daten sind im Internet über http://dnb.ddb.de abrufbar.

Satz: SVG, Satz- und Verlagsgesellschaft, Darmstadt
Druck: betz-druck GmbH, Darmstadt

ISBN 978-3-88661-298-7
Printed in Germany

Inhalt

Quai West

»Das Ende allen Fleisches ist mir in den Sinn gekommen.« *Genesis*

»I would like to see the shade and tree where I could rest my head.« *Burning Spear*

In einem verfallenen Viertel einer großen westlichen Hafenstadt, das vom Stadtzentrum durch einen Fluss getrennt ist, eine nicht mehr benutzte Lagerhalle des alten Hafens.

Koch, Maurice, sechzig Jahre; Pons, Monique, zweiundvierzig Jahre; Cécile, sechzig Jahre; ihre Tochter Claire, vierzehn Jahre; ihr Mann Rodolfe, achtundfünfzig Jahre; und Charles, ihr achtundzwanzig Jahre alter Sohn. Ein Junge mit dem Spitznamen Fak, ungefähr zweiundzwanzig Jahre alt. Und ein namenloser Mann von ungefähr dreißig Jahren, den Charles am Anfang zwei oder dreimal »Abad« nannte.

Zwei Jahre zuvor wurde Charles frühmorgens – er war im Schneesturm auf dem Weg nach Hause – beim Verlassen der Fähre von den Arbeitern, denen er jeden Morgen begegnete und die zu ihrer Arbeit im Hafen übersetzten, auf ein ungewöhnliches, verstörendes Etwas an der Außenmauer des Lagerhauses aufmerksam gemacht. Er begab sich zu der Stelle und gewahrte eine Art dunklen, reglosen, vom Schnee halb zugedeckten Haufen, der eine vage Ähnlichkeit mit einem toten oder schlafenden Wildschwein aufwies. Er ging darauf zu; als er zwei Meter entfernt war, richtete die Gestalt, groß, gedrungen, von Zittern geschüttelt, mit blitzenden Augen und einer Haube aus Schnee auf dem Kopf, sich plötzlich auf, sie stieß ein paar unverständliche Worte hervor, so unverständlich, dass sie Charles zum Lachen reizten und er sich die letzten wahrscheinlich englischen oder vielleicht auch arabischen Laute merkte, auf die er das Tier vorläufig taufte. Weil er bester Laune war, nahm er es dann beim Arm, schleppte es in das Lagerhaus, machte ihm eine Ecke ausfindig, wo der Fremde vor dem Schnee geschützt war. Dort legte er ihm gegen die Kälte ein paar Kartons zurecht, und nachdem er gesehen hatte, wie er sich darunter verkroch, wobei dichter Rauch aus seinem ganzen Körper quoll, entfernte sich Charles, leise vor sich hin pfeifend, und ging nach Hause.

»Er bleibt stehen, um sich zu orientieren. Plötzlich schaut er auf seine Füße. Seine Füße sind verschwunden.« Victor Hugo

Vor einer Wand von Dunkelheit. In der Nähe Geräusch eines Automotors im Leerlauf. Auftritt Monique.

MONIQUE Und jetzt: Wohin? Wo lang? Wie? Herrgott! Hier lang? Das ist eine Wand, hier gehts nicht mehr weiter; es ist nicht mal eine Wand, nein, es ist gar nichts; es ist vielleicht eine Straße, vielleicht ein Haus, vielleicht der Fluss oder ein Abbruchgelände, ein großes, widerliches Loch. Ich sehe nichts mehr, ich bin müde, ich kann nicht mehr, mir ist heiß, mir tun die Füße weh, ich weiß nicht wohin, Herrgott!

Und wenn plötzlich irgendwer, irgendwas zum Vorschein käme aus diesem schwarzen Loch, wie müsste ich dann dreinschauen? Wie würde ich dreinschauen, wenn ein Kerl, mehrere Kerle, ein ganzer Haufen Kerle plötzlich um mich herum auftauchen würden? Ich will gern versuchen, normal dreinzuschauen, aber zu dieser Tageszeit, hier, in diesen Kleidern! Ich würde wirklich sauber dastehen. Ich höre Geräusche, ich höre Hunde, es streunen scharenweise Hunde um uns herum durch den Schutt. Ich hätte versuchen sollen, mit dem Auto bis hierher durchzukommen; vielleicht würde man im Scheinwerferlicht zumindest sehen, was auf dem Boden herumkriecht.

Wir stehen vor einer Wand, Maurice, es geht nicht mehr weiter. Sagen Sie mir, was machen wir jetzt, sagen Sie mir doch, in welches Loch sollen wir am besten stürzen?

Auftritt Koch.

KOCH Ich weiß ganz genau, wo ich bin.

MONIQUE Ganz genau, sieh an, Sie sind gut, ganz genau, bravo. Schlagen Sie sich alleine durch, wenn Sie alles ganz genau wissen. Ich bin schließlich nicht Ihre Mutter, ich bin nicht Ihre Frau, ich bin nicht Ihr Kindermädchen; ich habe keine Lust wegen Ihrer Kapriolen Kopf und Kragen zu riskieren.

KOCH Riskieren Sie gar nichts, Monique; fahren Sie nach Hause.

MONIQUE Nach Hause fahren? Wie soll ich nach Hause fahren? Ich habe die Autoschlüssel.

KOCH Ich organisiere meine Rückfahrt selber.

MONIQUE Sie und organisieren? Und wie wollen Sie sie organisieren? Herrgott! Sie können nicht mal Auto fahren, Sie können links und rechts nicht auseinanderhalten, alleine hätten Sie gar nicht wieder hergefunden in dieses gottverdammte Viertel, rein gar nichts können Sie allein. Ich frage mich, wie Sie bitte schön nach Hause kommen sollen.

KOCH Ich rufe ein Taxi.

MONIQUE Sieh an, ein Taxi, bravo. Suchen Sie hier mal ein Telefon, suchen Sie nur; warten Sie, bis ein Auto vorbeikommt, warten Sie nur. Herrgott! Wir sitzen hier in diesem widerlichen Loch, und Sie reden von einem Taxi.

KOCH Zweimal am Tag verkehrt eine Fähre zum neuen Hafen. Ich erinnere mich ganz genau an die Anlegestelle; sie geht um sechs; ich nehme die Fähre.

MONIQUE Und ich? Was ist mit mir? Ich kann Sie hier nicht allein lassen und ich kann nicht weg, weil nur ich Auto fahren kann; wo ich die Verantwortung trage, dass ich Sie hergefahren habe, und wo Sie nichts allein machen können, und mit Ihrem gottverdammten Schiff, das in Wirklichkeit vielleicht gar nicht mehr fährt, stehe ich sauber da. Man hätte wenigstens die Straßenbeleuchtung in Betrieb lassen können, dann wäre vielleicht etwas zu erkennen. Auf dem Boden ist irgendwas Glitschiges, und ich weiß nicht, was es ist. In meiner Familie, stellen Sie sich vor, da hieß es, ich könne im Dunkeln sehen, am Schluss haben sie mich schon gar nicht mehr in den Keller gesperrt, um mir Angst zu machen. Aber sowas von finster habe ich noch nie gesehen. Ich hätte nie die Schlüssel im Auto lassen dürfen, es fehlt nur noch, dass sie es uns klauen, Herrgott! Zu Fuß würde es nach Hause Stunden dauern durch diese Viertel ohne Licht und ohne Hinweisschilder. Außerdem spüre ich, dass man uns zuschaut, Maurice, ich sags Ihnen.

Pause. In der Ferne das Motorengeräusch.

MONIQUE Früher standen hier Straßenlaternen; es war ein ganz normales, belebtes, bürgerliches Viertel, ich erinnere mich noch genau. Es gab Parks mit Bäumen; es gab Autos; es gab Cafés und Geschäfte, es gab alte Leute, die über die Straße gingen, Kinder in Kinderwagen; die ehemaligen Lagerhäuser des Hafens dienten als Parkhäuser und manche als

Markthallen. In diesem Viertel wohnten Handwerker und Rentner, brave, harmlose Leute. Es ist noch gar nicht so lange her.
Aber heute, Herrgott! Jemand kann noch so harmlos sein, wenn er sich, selbst am hellichten Tag, hier verläuft, kann es ihm passieren, dass man ihn auf offener Straße niedermacht und seine Leiche in den Fluss wirft, ohne dass jemand auf den Gedanken käme, ihn hier zu suchen.
Schuld an allem sind die niedrigen Mieten. Man hätte den Hausbesitzern zureden müssen, mit den Mieten raufzugehen, man hätte ihnen Mieterhöhungen aufzwingen müssen, ob sie wollten oder nicht. Die Kakerlaken, die Ratten und die Kakerlaken haben sich hier breit gemacht wie einmarschierende Soldaten; die Hausbesitzer haben die Risse in den Wänden nicht mehr repariert, die zu Bruch gegangenen Fensterscheiben wurden nicht mehr ersetzt, die alten Leute sind weggestorben; daraufhin haben die Ladenbesitzer diese Viertel verlassen, und heute bringen alle diese Häuser, Kilometer durchgehend bebauter Straßen, keinen Groschen mehr, nicht einen Pfennig, niemandem, es ist widerlich. Weiß Gott, was jetzt da lebt, weiß Gott, wer uns jetzt gerade zuschaut.
Pause. Stille.
Kommen Sie, Maurice; Sie machen sowieso nicht den Mund auf, ich habe nicht die Absicht, den ganzen Abend alleine vor mich hinzureden; der Motor läuft, kommen Sie.

Schweigen. Koch entfernt sich in die Dunkelheit.

MONIQUE Gehen Sie nicht da lang, Maurice, der Boden ist glitschig, und Sie haben Ihre Stadtschuhe an.
Langes Schweigen.
Maurice, Maurice, das hier ist nicht die Welt der Lebenden.

Schweigen. Koch ist in der Dunkelheit verschwunden.

MONIQUE Wo sind Sie? Ich sehe nichts mehr. Ich höre nichts mehr. Der Motor! Ich höre das Auto nicht mehr.
Lassen Sie mich nicht allein, lassen Sie mich nicht allein.
Man hört den Aufprall des Wassers gegen den Stein.
Maurice!

Ein plötzliches Loch in den Wolken wirft ein flüchtiges Licht auf die riesige Fassade des Lagerhauses und auf die verlassene Autobahn, auf die ein lautloser Blätterregen niedergeht; dann wird es wieder dunkel, und es bleibt das Klatschen des Wassers gegen die Mauern.

MONIQUE Herrgott!

***

Das Innere des Lagerhauses; es ist offen in Richtung Autobahn. Koch tritt auf und stützt sich auf den Pfeiler.

KOCH Würden Sie mir bitte durch das Lagerhaus helfen und mich bis zum Fluss führen, zu der Stelle, wo man eine gute Sicht auf den neuen Hafen hat, da, wo die Fähre abfährt? Ich bin viel zu ungeschickt, um mich da alleine durch zu trauen; und helfen Sie mir, zwei Steine zu finden, die ich in meine Taschen stecken kann? Ich verspreche, das ist alles, was ich verlange. Nehmen Sie mir meine Aufdringlichkeit bitte nicht übel; ich werde möglichst wenig Lärm machen. Vor allem glauben Sie mir, dass ich mir nichts von alldem habe zuschulden kommen lassen, was Sie vermuten könnten, was jeder Mann zwangsläufig vermuten würde, wenn er hier in diesem Zustand und zu dieser Tageszeit einen Mann sähe mit einem Ziel, das niemand erraten kann; ich weiß genau, man denkt dann an zehntausend Dinge, zehntausend Gründe, von denen keiner zutrifft. Ich bitte Sie, das zu glauben.

Es stimmt allerdings, dass ich nicht die richtigen Schuhe trage, um hier zu gehen, dass mein Gedächtnis nun doch nicht so gut ist, als dass ich mich in der Dunkelheit zurechtfinden könnte, und dass sich im übrigen alles so sehr verändert hat, dass ich unbedingt jemanden brauche, der mir auf die andere Seite hilft; dann ist es vielleicht hell genug, dass ich die Steine selber finde; dann werde ich mich bei Ihnen bedanken, und mehr wird nicht sein.

Das Problem ist: Geld, ich meine flüssiges Geld, Münzen, Scheine, habe ich schon lange nicht mehr in der Hand gehabt, die Zeit ist schon lange vorbei, das werden Sie wissen, dass man Geld in Münzen und Scheinen herumgetragen hat, wie im Mittelalter, nehme ich an, ich verstehe nichts von Geschichte; allenfalls gerade soviel, dass man in einer Bar etwas trinken oder sich Zigaretten kaufen kann; aber da ich das Rauchen aufgegeben habe und sehr selten Alkohol trinke, habe ich nur Kreditkarten bei mir;

ich lasse Ihnen gerne meine Kreditkarten, wenn Sie damit umgehen können, ich weiß, es ist nicht leicht; aber wenn Sie es können, dann um so besser für Sie; mir ist es egal.

Er macht ein paar Schritte im Halbdunkel, legt seine Brieftasche auf den Boden, geht wieder zurück.

Es sind ein paar Meter, vielleicht zweihundert Schritt, ich bin sicher, es ist die richtige Halle, der Anlegeplatz, da will ich hin; das ist, vermute ich, ein unverfänglicher Grund, der zur Genüge erklärt, warum ich hier bin; Ihnen kann es ohnehin gleichgültig sein, da jedenfalls will ich hin. *Er kramt in seinen Taschen.* Und das Feuerzeug. Ein Dupont, ich glaube, es funktioniert mit einer Art Nachfüllung, ich verstehe nichts davon, es funktioniert jedenfalls, ich habe es eigens mitgenommen; und Manschettenknöpfe, aus Gold; und noch ein Ring. *Er zieht ihn sich vom Finger.* Humbug. *Er geht vorwärts, legt die Gegenstände auf den Boden, geht zurück.* Die Uhr möchte ich nicht gern einfach irgendwo hinlegen; es könnte irgendwer drauftreten. Es ist eine Rolex, sie funktioniert mit einer Art Batterie, ich weiß nicht genau, ich verstehe nichts davon, gar nichts; es ist jedenfalls eine ganz teure, und man braucht sie nicht aufzuziehen. *Er nimmt sie ab.* Ich schwöre Ihnen, die abzunehmen fällt mir schwer. Ich glaube, deswegen, weil ich sie mir selber gekauft habe, ich ganz allein, ohne Grund, irgendwann einmal in Genf, als ich an einem Juweliergeschäft vorbeikam; nicht wie diesen Ring oder alles übrige, Geschenke, Humbug. Darum versichere ich Ihnen, es macht mir was aus, sie auf den Boden zu legen. *Er streckt die Hand aus. In seiner Nähe fliegen geräuschvoll Vögel auf.* Passen Sie also bitte auf, dass Sie nicht drauftreten. *Er geht vor, legt die Uhr auf den Boden, kehrt an seinen Platz zurück.* Jetzt, wo ich nichts mehr habe, helfen Sie mir.

Charles packt ihn am Arm.

***

CHARLES *leise* Die anderen erwarten euch drüben, auf der anderen Seite, wie die Idioten, so als kämt ihr über den Fluss, in einem Polizeiboot, am hellichten Tag; aber ich habe gewusst, ihr würdet von hinten kommen, hinterrücks in der Dunkelheit, im Schatten der Mauern, wie die Ganoven; ich war mir ganz sicher, weil ich es an eurer Stelle genau so gemacht hätte. Vielleicht habt ihr nicht erwartet, hier jemanden zu finden, der genau so schlau ist wie ihr; aber ihr täuscht euch, wenn ihr glaubt, hier sind alle solche Idioten. Deswegen, das könnt ihr mir glauben, werdet ihr uns nichts anhängen können, keinen Schnitzer, keine Gesetzwidrigkeit, nichts. Jedenfalls nicht mir; ich spreche für mich.
Noch bevor Sie aus Ihrem Auto gestiegen sind, hatte ich es schon entdeckt, ich hatte das Motorengeräusch gehört; ich habe sogar die Marke erkannt; einen Jaguar erkenne ich sogar, wenn jemandem nur der Gedanke an einen Jaguar durch den Kopf geht, deswegen bin ich da.
Als ich neulich gesehen habe, dass die Fähre nicht mehr hielt, habe ich den anderen gesagt: nur keine Panik, vielleicht ist es ein Streik, vielleicht eine Panne, vielleicht ist das Schiff alt, vielleicht irgendwas. Aber als die Kleine ankam, während ich schlief, und mir gesagt hat: es kommt kein Wasser mehr, da habe

ich gleich gedacht: sie haben sich also fürs Aufräumen entschieden. Ich habe gleich kapiert, dass man nicht das Wasser abstellt, wenn man sich nicht entschieden hat, aufzuräumen, das ist das letzte, was man abstellt, wegen der Brände, die um sich greifen könnten. Und wenn man soweit geht, dann heißt das, man hat sich entschieden, auch noch die letzte Ratte aus den Kellern zu jagen. Nur habt ihr vergessen, dass die Ratten viel schlauer sind als die Menschen. Ich spreche vor allem für mich.
Den anderen habe ich gesagt: seid auf der Hut, sie haben euch im Auge: jetzt schauen sie euch zu, sie beobachten euch; sie lauern auf euren kleinsten Atemzug, eure kleinste Bewegung, euren kleinsten Traum; und vermuten sie von drüben, von der anderen Seite des Flusses, in einem eurer Atemzüge oder in einem eurer Träume auch nur die kleinste Gesetzwidrigkeit, dann kommen sie angestürmt, entreißen sie dem Schweigen und der Dunkelheit eures Schlupfwinkels, sie machen sie dick und fett, sie machen daraus ein Verbrechen, das sie der ganzen Stadt zeigen werden, und dann sind sie im Recht und wir stehen zu Recht als die Idioten da.
Noch leiser. Ihr wollt, dass wir hier verschwinden, oder? Man müsste mehr Ratte sein als eine Ratte, um es hier zu mögen. Es gibt hier keine Cafés mehr, keine Lokale, nicht eine Frau; es gibt keine befahrbare Straße mehr, keinen Strom, keine Fähre, kein Wasser. Ich habe eine Arbeit, eine richtige, normale Arbeit, die am Hafen auf mich wartet; eine Stelle als Gorilla in einem Club; wann ich will. Lassen Sie sich gesagt sein, dass ich keinen Grund hätte, Ihnen wehzutun, lassen Sie sich gesagt sein, dass ich keinen Grund hätte, Ihnen nicht zu helfen. Ich habe

keinen Grund, mich aufzuregen; ich bin Herr meiner Zeit und ich habe Geduld. Vergessen Sie nicht, Alter, vergessen Sie nicht, was immer auch passiert, ich bin mit euch einig.

Vergessen Sie nicht, dass Sie mich gebeten haben, da rüber zu gehen; und wenn ich Ihnen behilflich bin, rüber zu gehen, dann bin ich nur mit Ihnen einig. Die Schlaflosigkeit macht jeden nervös. Nachts schläft man nicht mehr, weil man gearbeitet hat, tagsüber schläft man nicht, weil man nicht gearbeitet hat; also schläft man gar nicht mehr. Aber ich brauche keinen Schlaf, ich bin nicht nervös, nie. Ich bin, in aller Ruhe, aus Prinzip, mit euch einig.

Deswegen habe ich hier auf euch gewartet, im Schatten der Mauern, hinterrücks in der Dunkelheit, wie ein Ganove; aber ich kann euch schon sagen, ihr verschwendet eure Zeit. Hier werdet ihr nichts entdecken. Schaut euch um, ihr werdet nichts finden; sucht die Ecken ab, grabt die Erde um, wühlt in den Köpfen; es ist nichts mehr übrig, nicht der kleinste Traum, nirgends. Hier herrscht überall nur Anstand.

Er führt Koch durch das Lagerhaus.

***

»Wer bist du? Der den Teufel gesehen hat, wer bist du? Ich versuche, es zu sagen: eines Nachts kam ich durch den großen Garten nach Hause, mit dem Ranzen auf dem Rücken, ich sah einen Mann unter der Straßenlaterne mit dem Rücken zu mir, ich näherte mich ihm, er drehte den Kopf, nur den Kopf, seine Haut war rosa und pellte sich, und die Augen waren blau, ich habe meinen Ranzen fallen lassen und bin

zum Haus gerannt, ich habe versucht, es zu sagen; wer bist du? Ein Gedanke braucht soviel Zeit, wie eine Ameise braucht, um von den Füßen bis zu den Haaren zu krabbeln, um mir in den Sinn zu kommen, aber ich versuche, es zu sagen: eines Nachts stand mein Vater auf, wie er wegen meiner Brüder aufstand, wenn sie husteten und vor Fieber zitterten, und ich hustete nicht und ich hatte kein Fieber, aber er hat mich angeschaut, am Morgen befahl er den Frauen, mir nicht mehr die Haare zu machen, wie sie meinen Brüdern die Haare machten, und mir nicht mehr zu essen zu geben, und ich sollte nicht mehr unter demselben Dach wohnen wie meine Brüder; dann entriss er mir meinen Namen und warf ihn mit dem Müll in das Wasser des Flusses, ich versuche, ihn zu sagen; es werden Kinder ohne Farbe geboren für den Schatten und die Schlupflöcher mit weißen Haaren und weißer Haut und Augen ohne Farbe, verurteilt dazu, vom Schatten eines Baumes zum Schatten eines anderen Baumes zu laufen und sich zu Mittag, wenn die Sonne keinen Teil der Erde mehr verschont, im Sand zu vergraben; ihnen schlägt ihr Schicksal die Trommel, wie die Lepra die Rasseln klirren lässt, und die Welt findet sich damit ab; anderen bleibt das Tier, das ihnen im Herzen nistet, verborgen und spricht nur, wenn um sie her Schweigen herrscht, es ist das träge Tier, das sich räkelt, wenn alles schläft, und anfängt, am Ohr des Menschen zu knabbern, damit er sich an es erinnert; aber um so mehr ich ihn sage, um so mehr verberge ich ihn, darum werde ich es nicht mehr versuchen, frag mich nicht mehr, wer ich bin«, sagt Abad.

***

Die Mole. Über dem Fluss schwebt ein zartes, weißes Licht. Auftritt Charles.
In der Ferne das gedämpfte Geräusch einer Schiffssirene. Auftritt Koch. Vögel fliegen auf.

KOCH *leise* Ich habe Angst.
CHARLES *leise* Warum?
KOCH Ich habe Angst. Ich weiß nicht, warum.
CHARLES Hast du deine Waffe dabei?
KOCH Eine Waffe? Nein. Warum?
CHARLES Ein Polizist käme nicht in so eine Ecke ohne seine Waffe.
KOCH Ich bin kein Polizist.
CHARLES Beamter?
KOCH Nein.
CHARLES Detektiv?
KOCH Nein.
CHARLES Was dann?
KOCH Nichts, ganz normal, Privatmann.
CHARLES Wenn das stimmt, dann hast du Recht, Angst zu haben. *Sehr leise.* Sind das Westons?
KOCH Was?
CHARLES Die Schuhe.
KOCH Ich kaufe mir meine Schuhe nicht selber. *Noch leiser.* Wer ist das?
CHARLES Wer?
KOCH Der da, im Dunkel, der mich anschaut.
CHARLES *noch leiser* Reg dich nicht auf. Hast du eine Waffe?
KOCH Nein, ich habe es Ihnen gesagt, nein.
CHARLES Kein Mensch würde ohne Waffe hierher kommen, ohne einen Grund.
KOCH Ich habe einen Grund.
CHARLES Also hast du eine Waffe.

KOCH Nein.

CHARLES Wenn das stimmt, dann hast du einen Sprung in der Schüssel, Alter.

Charles geht zu Abad. Abad und Charles sagen sich etwas ins Ohr. Charles kommt zu Koch zurück.

CHARLES *zu Koch* Er will wissen, wen Sie suchen.

KOCH Niemanden.

CHARLES Wozu sind Sie dann hergekommen?

KOCH Zum Sterben; ich bin hier, um zu sterben.

CHARLES *leise* Wer will, dass du stirbst?

KOCH Niemand. Ich.

CHARLES Warum?

KOCH Wegen einer Sache, die mich betrifft, einer Geldsache. Ich muss Rechenschaft ablegen über Geld, das man mir anvertraut hat, und kurz und gut, das Geld ist nicht mehr da. Damit Sie eine Vorstellung haben, es geht um Ordensgeld. Ich kann nicht vor das Kuratorium. Es ist eine Sache der Reputation, wenn Sie so wollen. Meine Reputation geht baden. Dass sie baden geht, ist mir egal, das tut mir nicht weh, aber den Sturz ins Wasser, den will ich nicht sehen.

CHARLES *leise* Das hier ist kein guter Platz, um sich vor dem Gefängnis zu drücken.

KOCH Ich drücke mich vor keinem Gefängnis, wer spricht hier von Gefängnis? Können Sie sich vorstellen, fromme Ordensschwestern zerren einen Ehrenmann vor Gericht, dem sie gutgläubig die Verwaltung ihrer Gelder anvertraut haben? Ich habe ganz einfach weder das Alter noch die Lust, wieder ganz von vorne anzufangen.

CHARLES *leiser* Warum haust du nicht ab ins Ausland mit dem Geld?

KOCH Mit was für einem Geld? Ich sage Ihnen, ich weiß nicht, wo es geblieben ist. *Nach einer Pause.* Ich erinnere mich einfach nicht mehr. Vielleicht ging es ganz allmählich. Vielleicht an einem Tag ein bisschen abheben, und an einem andern wieder ein bisschen. Ich kann mich nicht an überzogene Ausgaben erinnern. Ich lebe nicht auf großem Fuß. Ich kann mich nicht erinnern, dass ich in den letzten Jahren irgendeine Verrücktheit begangen hätte. Man darf sich nicht kurz vor der Pensionierung zum Treuhänder über irgendwelche Stiftungsgelder machen lassen, wenn einem niemand auf die Finger schaut.

CHARLES *nach einer Pause zu Abad* Er ist mit dem Auto gekommen. Er ist nicht von der Polizei. Er hat keine Waffe. Er hat keinen vernünftigen Grund. Er hat einen Sprung in der Schüssel.

Abad sagt Charles etwas ins Ohr. Charles geht zu Koch zurück.

CHARLES Er will wissen, warum du deine schmutzigen Geschäfte hier regeln willst.

KOCH Ich habe das Viertel früher gekannt. Ich habe nach einem Ort gesucht, der mir ähnlich ist. Ich will nur, dass man mich an den Fluss gehen und zwei Steine suchen lässt. Ich werde keinen Lärm machen. Ich will nicht, dass man mich schlägt, dass man mir weh tut. Ich habe nichts mehr herzugeben.

CHARLES Bist du allein gekommen?

KOCH Ja. Bis auf eine Frau.

CHARLES Eine Frau?

KOCH Sie fährt das Auto. Sie ist bestimmt noch drüben.

CHARLES Ist das alles?

KOCH Das ist alles.

CHARLES *unvermittelt* Streiken sie im Hafen?

KOCH Ob sie streiken? Ich habe keine Ahnung, was reden Sie da von Streik? Vermutlich wird immer irgendwo gestreikt. Ich wohne sowieso auf der anderen Seite der Stadt, ich kümmere mich nicht um das, was am Hafen vorgeht, und ich strecke nie die Nase raus.

Abad und Charles flüstern sich lange ins Ohr.

CHARLES *zu Koch* Er will nicht.

KOCH Warum?

CHARLES Er sagt, ein Toter hier bringt uns die Polizei an den Hals.

KOCH Humbug. Die Sache wird vertuscht. Soll ich einen Zettel schreiben, dass Sie nichts damit zu tun haben? Sie bringen ihn der Frau.

CHARLES Er will nicht.

KOCH Sagen Sie ihm, mit zwei Steinen in den Taschen bleibt meine Leiche unten auf dem Grund, niemand sieht etwas.

CHARLES Er sagt nein.

KOCH Bitten Sie ihn.

CHARLES Nein. *Leise.* Was gibst du mir dafür?

KOCH Ich habe Ihnen schon alles gegeben. Und Sie haben nicht einmal die Uhr aufgehoben.

CHARLES Ich hebe nichts auf.

KOCH Nehmen Sie den Wagen.

CHARLES Du hast mir kein Geld gegeben.

KOCH Ich habe Ihnen meine Kreditkarten gegeben.

CHARLES Kein Geld.

KOCH Aber das ist Geld; eine andere Art Geld kenne ich nicht.

CHARLES In deinen Taschen.

KOCH Ich habe meine Taschen ausgeleert. Nehmen Sie meine Jacke, wenn Sie wollen, und lassen Sie mich gefälligst in Ruhe mit ihrem Geld. Was wollen Sie denn? Hundert Francs hier, hundert Francs da, Alkohol und Zigaretten, Humbug. Scheine und Münzen sind das Geld der Armen, das Geld der Wilden. Meine Kreditkarten sind Geld, und meine Rolex und mein Auto. Es steht zwei Straßen weiter. Sagen Sie mir nicht, ein Auto sei kein Geld.

CHARLES *zu Abad* Er antwortet nicht auf die Fragen. Ich glaube, er hat komplett einen Sprung in der Schüssel.

Koch geht zum Wasser, hebt zwei Steine auf. Charles nähert sich ihm, hält ihn an der Jacke fest.

CHARLES *zu Koch, sehr leise* Wirst du es wirklich tun?

KOCH Ja.

CHARLES Warum? Du hast alles, was du willst, du kannst hinfahren, wohin du willst. Du hast Kohle; deine Kohle rieche ich; ich rieche sie gegen den Wind. Warum solltest du das tun?

KOCH Lassen Sie mich los.

CHARLES Und die Schlüssel?

KOCH Sie sind vermutlich im Wagen.

CHARLES Und die Frau?

KOCH Sehen Sie zu, wie Sie mit ihr klarkommen.

CHARLES Und deine Schuhe?

KOCH Die behalte ich an. *Charles lässt Koch los.*

Charles schaut auf Abad, Abad schaut auf Koch, Koch steckt die beiden Steine in seine Taschen.

»Am zweiten Tag, kurz nach Sonnenaufgang, als er in seiner Koje lag, kam sein Erster Offizier, um ihm mitzuteilen, dass ein fremdes Segel in die Bucht einfuhr.« Melville

Die nächtliche Autobahn mit dem Rauschen des Wassers gegen die Mauern. Auftritt Fak. Ihm folgt Claire. An der Tür der Halle bleiben sie stehen.

FAK Du bist bis hierher mitgegangen, jetzt geh da rein.

CLAIRE Da drin ist es mir viel zu dunkel, um rein zu gehen.

FAK Da drin ist es nicht dunkler als hier.

CLAIRE Eben, hier ist es stockdunkel.

FAK Hier ist es nicht stockdunkel, weil ich dich sehe.

CLAIRE Und ich sehe dich nicht, für mich ist es also stockdunkel.

FAK Wenn du mit mir da reingehst, dann erzähl ich dir was über etwas, wovon ich dir dann erzähle, wenn wir beide da reingehen.

CLAIRE Ich kann da nicht reingehen, mein Bruder würde mich verprügeln.

FAK Dein Bruder wird es nicht erfahren.

CLAIRE Auch wenn er es nicht erfahren wird, will ich nicht da rein.

FAK Warum bist du dann bis hierher mitgekommen?

CLAIRE Ich bin bis hierher mitgegangen, um Luft zu schnappen, weil ich zuviel Kaffee getrunken habe, weil es zu Hause zu heiß war, und nicht, um überhaupt etwas mit dir zu machen.

FAK Ich verlange nicht von dir, dass du etwas machst, du sollst mich nur machen lassen; ich bringe dich da rein und kümmere mich um alles.

CLAIRE Da drin ist es zu dunkel, ich bin zu klein, und ich habe Angst.

FAK Es sind Löcher in der Decke und in den Wänden, da drinnen ist es nicht so dunkel wie draußen, wegen der Hafenlichter, die von der anderen Seite herein scheinen.

CLAIRE Und wie kann ich das genau genug wissen, damit ich keine Angst habe?

FAK Du musst nur die Augen zumachen, ganz einfach.

CLAIRE Unsinn; wenn ich die Augen zumache, ist es stockdunkel.

FAK Wenn du die Augen zumachen würdest, dann wäre dir egal, wie es draußen ist, dunkel oder nicht dunkel, du kannst so tun, als wäre es taghell, als hättest du einfach die Augen zu, als würde ich dich führen, als würden wir beide da reingehen, als würdest du sie aufmachen, wenn ich es dir sagen würde, und sowieso brauchst du sie überhaupt nie mehr aufzumachen.

CLAIRE Wenn wenigstens auf der Straße ein Licht wäre, dann könnte ich die Tür sehen und ich könnte sagen, ich gehe rein oder ich gehe nicht rein. Aber jetzt sehe ich nicht mal die Tür und ich kann nicht sagen, ob ich will oder ob ich nicht will. Ich glaube, ich will nicht, weil ich die Tür nicht sehe, so wenig, dass, wenn ich nicht wüsste, dass da eine ist, weil ich sie jeden Tag sehe, wenn es hell ist, ich nicht einmal wüsste, dass da eine ist; und dass ich, wenn du nicht mit mir reden würdest, nicht einmal wüsste, dass jemand da steht, du oder sonst wer, und am Ende habe ich erst recht Angst.

FAK Man darf nicht zu lange am Stück Angst haben, und irgendwann einmal muss man aufhören, klein zu sein.

CLAIRE Außerdem weiß ich genau, warum du willst, dass ich da reingehe; und darum will ich es nicht, denn ich weiß ganz genau, worum es geht.

FAK Wenn du noch klein bist, dann kannst du nicht ganz genau wissen, warum ich will, dass wir beide da reingehen, und wenn du genau wüsstest, warum wir da reingehen sollen, dann bist du nicht so klein, mach nicht soviel Trara, geh rein und basta.

CLAIRE Vielleicht weiß ich es nicht ganz genau, weil ich noch ein bisschen klein bin, aber ich bin sicher, es sind keine sehr, sehr guten Sachen, weil mein Bruder mich verprügeln würde, wenn er mich jetzt mit dir sähe.

FAK Wie kannst du von diesen Sachen sagen, dass sie nicht sehr gut sind, wenn du doch überhaupt nicht weißt, wie es ist?

CLAIRE Ich weiß vielleicht nicht, wie es ist, weil ich klein bin, aber deswegen, weil ich noch ein ganz klein bisschen klein bin, kannst du mir noch lang nicht irgendwas erzählen und ich nehme es dir ab.

FAK Aber wie kannst du bitte wissen, wie gut oder nicht gut es ist, wenn du diese Sache nie mit jemandem probiert hast? Und wissen, ob, wenn du es probiert hättest und sagen würdest: es ist überhaupt nicht gut, ich dann sagen würde: gut, dann gehen wir eben nicht da rein. Aber da ich weiß, dass du, wenn du es probiert hättest, nicht sagen würdest: es ist überhaupt nicht gut, sondern sagen würdest: es ist ganz toll, und dass du da reingehen würdest, ohne soviel Trara zu machen, deswegen weiß ich, dass du nichts weißt, dass man es zuerst probieren muss und dass man erst hinterher sagen kann: ich weiß.

CLAIRE Warum fängst du dann nicht an und sagst mir

schon hier das, wovon du gesagt hast, du hättest es mir zu sagen?

FAK Nicht hier, da drinnen werd ich es dir sagen, und danach geb ich dir was.

CLAIRE Was?

FAK Ich gebe es dir danach.

CLAIRE Ich sage natürlich nicht, dass ich eines Tages nicht vielleicht da reingehen werde, falls jemand sehr, sehr Hübsches eines Tages zu mir sagt: geh da rein; aber das Problem dabei ist, dass ich dich kenne, ich sehe dich jeden Tag, und auch wenn es jetzt dunkel ist, erinnere ich mich ganz genau, wie du aussiehst; und, ohne es dir sagen zu wollen, weil ich weiß, dass es nicht sehr nett wäre, man kann nicht behaupten, du wärst so hübsch, dass ich sagen würde: einverstanden, mit dem gehe ich da rein, und alle andern lasse ich links liegen.

FAK Tatsache ist, dass du gar nicht wissen kannst, ob ein Junge hübsch ist oder nicht, du kannst über einen Jungen gar nichts wissen.

CLAIRE Wie bitte? Ich kann es nicht wissen? Das ist die Höhe! Ich kann doch wohl die Leute anschauen und sagen: er ist hübsch, oder: er ist nicht hübsch. Und es ist doch wohl nicht an dir zu sagen: ich bin sehr, sehr hübsch, das wäre zu einfach. Im Leben sagen die andern über jemanden: er ist hübsch oder nicht, sonst wäre es wirklich zu einfach, im Ernst. Ich sehe jeden Tag einen Haufen Leute, ich bin doch nicht ganz blöd, ich kann doch unterscheiden und sagen: mit dem hier würde ich reingehen, mit dem da nicht.

FAK Du kannst die Jungen nicht ewig wie ein kleines Mädchen anschauen, und im Augenblick weißt du nicht einmal, wo man bei einem Jungen hinschauen und wonach man ihn beurteilen muss; wenn du es erst probiert hast, dann wirst du sagen; was für eine Närrin war ich, zu sagen, dieser Junge ist hübsch, und er ist es nicht, und jener Junge ist nicht hübsch, und jetzt weiß ich, er war es doch.

CLAIRE Wenn ich reingehen würde, was hast du gesagt, gibst du mir dann?

FAK *hält die geschlossene Faust hin* Ein Feuerzeug.

CLAIRE Ich rauche nicht mal.

FAK Es ist aus Gold, mit Initialen. *Er zeigt es.*

CLAIRE *streckt die Hand aus* Also gut, einverstanden, ich nehm's.

FAK Ich gebe es dir, wenn du mit mir da rein gehst.

CLAIRE *zieht die Hand zurück* Dann nehme ich es eben nicht. Wenn man etwas gibt, dann gibt mans und basta, man verlangt nicht was anderes, na also.

FAK Eben, ich verlange ja nichts.

CLAIRE Wie, du verlangst nichts? Das ist die Höhe.

FAK Ich verlange nicht von dir, zu sagen: ja, ich gehe mit dir da rein, ich verlange von dir, nicht zu sagen, nein, ich gehe nicht rein; ich verlange also von dir, etwas nicht zu tun, also verlange ich von dir nicht, etwas zu tun; während du, wenn du nicht rein gehst, dich weigerst, also tust du etwas, und ich habe nicht von dir verlangt, das zu tun, im Gegenteil.

CLAIRE Mein Bruder wird mich verprügeln.

FAK Es wird niemand erfahren.

CLAIRE Hinter dir ist eine Dame, die uns zuschaut.

Fak dreht sich um. Monique ist da.

MONIQUE Haben Sie das Platschen gehört? Ich bin fast sicher, dass ich ein Platschen gehört habe, wie wenn ein Mensch ins Wasser fällt. *Sie geht unver-*

mittelt auf Fak zu. Das ist er, Maurice, sein Feuerzeug, was haben Sie mit ihm gemacht?

Man hört, wie auf der anderen Seite des Lagerhauses ein Körper ins Wasser fällt.

MONIQUE Herrgott! Ich war mir sicher. *Sie stürzt auf Claire zu.* Sei ein braves kleines Mädchen, zeig mir den Weg, ich muss ihn da rausholen. Das Wasser ist bestimmt eiskalt und dreckig und voller Öl, und er kann nicht schwimmen. Es ist dunkel, ich habe keine Orientierung, führ mich hin. *Fak lacht.* Da, hier hast du Geld, ich gebe dir Geld, und ich werde dir noch mehr geben. *Fak lacht.* Dummes Ding. Gar nichts werde ich dir geben. *Sie geht in eine Richtung.*

CLAIRE Da lang ist es nicht, überhaupt nicht.

MONIQUE Du willst dich bitten lassen, wie widerlich. *Sie geht in eine andere Richtung.*

CLAIRE Da lang ist es auch überhaupt nicht.

MONIQUE Warum bist du gemein zu mir? Was habe ich dir getan? Warum bist du so dumm? Zeig mir, wo der Weg anfängt, nur die Richtung, zeig mir wenigstens ein kleines bisschen die Richtung.

CLAIRE Nimm meinen Schuh. *Sie reicht ihr den Schuh.*

MONIQUE Ich pfeife auf deinen Schuh.

CLAIRE Dann zeige ich dir auch nicht den Weg.

MONIQUE Her damit, gib mir deinen Schuh. *Sie nimmt ihn.* Was soll ich damit, Herrgott! Mach schnell, ich habs eilig.

CLAIRE Wenn du es so eilig hast, kann ich dich nicht führen, ich kann nicht laufen mit nur einem Schuh.

MONIQUE Herrgott! *Sie stürzt auf Fak zu.* Helfen Sie

mir, Monsieur. *Claire lacht.* Ich sage nichts wegen des Autos. Ich weiß, dass Sie die Schlüssel genommen haben, aber ich sage trotzdem nichts. Wir gehen zu Fuß, das schaffe ich schon. Aber bringen Sie mich wenigstens zu ihm, dass ich ihn auflesen kann. *Fak reicht ihr die Hand.* Ich habs gewusst; Sie sehen gutherzig aus, unglaublich gutherzig; diesen Gefallen tun Sie mir nicht umsonst. *Unmittelbar vor Betreten des Lagerhauses, in das Fak sie hineinzieht.* Da drinnen ist es viel zu dunkel, ich will da nicht durch, ich bin sicher, es gibt einen anderen Weg.

FAK Im Dach sind Löcher, und man sieht die Hafenlichter von der anderen Seite; es gibt keinen anderen Weg.

MONIQUE Ah nein, halten Sie mich bitte nicht für blöd. *Man hört zum zweiten Mal einen Körper ins Wasser platschen.* Diesmal, diesmal ist es zu spät, er ist verloren. *Zu Fak.* Sie kleiner Schwachkopf, mit Ihrer Visage fahren Sie in so einem Wagen nicht einen Kilometer, bis die Polizei Sie verhaftet; besser geben Sie mir die Schlüssel gleich, bevor ich Scherereien mache. *Sie fängt an zu weinen.* Soll er doch krepieren, soll er ersaufen, soll der Bauch ihm schwellen, sollen die Fische ihn fressen, soll er zur Alge werden, zur Auster, ich pfeife drauf; ich habe seine Dummheiten endgültig satt.

Auftritt Koch, durchnässt; Charles trägt ihn.

MONIQUE Herrgott! *Zu Claire.* Steh nicht herum wie ein Klotz, du dummes Ding; du siehst doch er ist klitschnass. Bring mir Handtücher. *Zu Fak.* Geben Sie mir die Schlüssel, machen Sie schnell, ich habe nicht die Absicht, in diesem Loch zu verschimmeln, bis es hell wird. *Zu Charles.* Lassen Sie ihn los.

CHARLES *zu Monique* Er hat sich den Knöchel gebrochen.

MONIQUE *zu Charles* Trottel. Geben Sie ihn mir. *Zu Claire.* Also, was ist?

CLAIRE *zu Monique* Ich kenne Sie nicht, ich sehe nicht ein, warum ich für Sie Dienstmädchen spielen soll.

CHARLES *zu Claire* Claire, jetzt beeil dich schon.

MONIQUE *zu Claire* Und ein Hemd, zum Verbinden.

CHARLES *zu Claire* Was hast du mit deinem Schuh gemacht?

MONIQUE *zu Claire* Beeil dich, mach schon.

CLAIRE Schau. *Sie lacht, zeigt auf den Himmel, ganz plötzlich wird es Tag.*

In Moniques Armen fällt Koch in Ohnmacht. Charles geht auf Fak zu, stoßt dabei gegen Claire, die ihn an der Wand des Lagerhauses hinter sich herzieht.

***

Am Lagerhaus. Rötliches Licht der Morgendämmerung. Fak beobachtet Claire und Charles von weitem, tut aber so, als beobachte er sie nicht.

CLAIRE *hält Charles am Arm fest* Stimmt es, dass du mit dem Auto abhauen wirst, ohne Bescheid zu sagen, ohne Lebewohl, und ohne von Vater und Mutter und allen Abschied zu nehmen?

CHARLES Lass mich in Ruhe, ich habe keine Zeit, mit dir zu sprechen. *Er schaut Fak an.*

CLAIRE Keine Zeit, keine Zeit, du brauchst keinen Finger krumm zu machen und du sagst: keine Zeit.

CHARLES Ich bin sehr beschäftigt, ich kann nicht mit dir sprechen.

CLAIRE Dann laufe ich zu Mama und sage ihr, dass du dich mit dem Auto aus dem Staub machst, und es gibt ein schreckliches Drama.

CHARLES Ich habe nicht gesagt: ich fahre mit dem Auto weg; ich habe nicht mal gesagt: ich fahre weg; ich habe überhaupt nichts gesagt, und du bist zu klein.

CLAIRE Ich bin schon nicht mehr klein. Ich habe gestern Morgen angefangen, Kaffee zu trinken, und ich habe weiter getrunken bis abends. Ich hatte noch nie eine ganze Nacht nicht geschlafen. Wie machst du es, mühelos nie zu schlafen, weder tags noch nachts?

CHARLES Tagsüber hält das Licht mich wach, und nachts, wo es dunkel ist, muss man die Augen weit aufmachen, um zu sehen, was passiert, und mit offenen Augen kann man nicht schlafen.

CLAIRE Mir fallen sie die ganze Zeit zu. Ich will eure Geheimnisse erfahren. Nimm mich mit, Charlie. Ich will nicht allein hier bleiben, ich will mich nicht allein um Mama kümmern; warum sollten die Mädchen schuften müssen, während die Jungen rumhängen und mit dem Auto abhauen und untereinander ihren Spaß haben? Wenn ihr wegfahrt, will ich mit euch mit.

CHARLES Wer spricht von wegfahren? Ich habe kein Auto.

CLAIRE *zeigt auf Fak* Und der da? Er hat die Schlüssel und wartet auf dich. Ich kenne deine Geheimnisse.

CHARLES Er wartet nicht auf mich. Was ich hab, gehört nicht ihm, und was er hat, gehört nicht mir. Du kennst überhaupt nichts.

CLAIRE Doch, doch, ich kenne euch; ihr seid wie

Hunde; ihr rauft miteinander, aber am Ende leckt ihr euch doch immer den Arsch.

CHARLES Mach schon, Claire, geh nach Hause, ich kann nicht mit dir reden, ich habe zu viel zu tun.

CLAIRE Du und zu tun? Wo du doch nicht mal mehr arbeiten gehst, und Mama sagt, das Elend ist schon über den Flur und jetzt steht es vor unserer Tür und bald ist es auf dem Küchentisch. Die Mädchen haben mir gesagt, als Mädchen wird man dick vom Elend und vom Unglück, und ich will nicht dick sein; also habe ich beschlossen, nicht mehr zu schlafen, bis ich die Sorgen los bin.

CHARLES Du brauchst dir keinen Kummer zu machen, du bist mager, Unglück hast du noch nicht genug.

CLAIRE Wenn du weggehen würdest, wie sollte ich mich alleine wehren?

CHARLES Jeder muss lernen, sich allein zu wehren.

CLAIRE Bring du es mir bei; ein Bruder muss es seiner Schwester beibringen.

CHARLES Ich habe keine Zeit, es dir beizubringen.

CLAIRE Also stimmt es, dass du dich mit dem Auto aus dem Staub machen willst. Ich laufe zu Mama und sag ihr, dass du abhaust; ich mache ein Drama, ich will ein Drama, ihr Jungs werdet nicht abhauen ohne Drama, oder ich will mit euch mit. Ihr bringt mich in Rage, die Jungs, die untereinander ihren Spaß haben, bringen mich in Rage, alles bringt mich in Rage, diese Karre bringt mich in eine Rage! Ich werde solange Kaffee trinken, bis ich tot umfalle. Muss man sehr, sehr lange lernen, bis man sich alleine wehren kann?

CHARLES Ziemlich lange, ja; sehr, sehr lange.

CLAIRE Dann fang an und bring es mir bei, dazu reicht gerade die Zeit.

CHARLES Ich bin gut genug, dass ich mich selber wehren kann, aber nicht, um es jemandem beizubringen.

CLAIRE Ich will nicht, dass wir uns Lebwohl sagen.

CHARLES Es ist aber nicht viel dabei. Eines Tages werde ich nicht mehr da sein; du wirst dich an den letzten Ort erinnern, wo du mich gesehen hast, du wirst hingehen, um mich dort zu treffen, und ich werde nicht mehr da sein, und das ist alles.

CLAIRE Ich will nicht Lebwohl sagen.

CHARLES Beeil dich und hol die Handtücher, die du bringen sollst.

Claire lässt Charles los. Charles geht zu Fak. Claire beobachtet sie von weitem und tut dabei so, als würde sie sie nicht beobachten.

CHARLES Ich werde sie verprügeln.

FAK Warum solltest du sie verprügeln?

CHARLES Weil sie dir nachgegangen ist.

FAK Nicht sie ist mir nachgegangen, ich bin ihr nachgegangen.

CHARLES Ich werde sie trotzdem verprügeln. Ein Mädchen in ihrem Alter hat auf der Straße nichts verloren.

FAK Das kommt, weil sie zuviel Kaffee getrunken hat.

CHARLES In ihrem Alter hat sie keinen Kaffee zu trinken.

FAK Sie ist aber nicht so klein, dass sie keinen Kaffee trinken darf. Du bist ihr Bruder, deswegen siehst du nicht, dass sie so klein nicht ist, von wegen, alles andere als das, für den Kaffee jedenfalls.

CHARLES Eben, ich sehe ganz genau, wie alt sie ist, deswegen sage ich, dass sie nachts nicht aus dem Haus darf, dafür ist sie nicht mehr klein genug, und ich verprügele sie, weil sie dir nachgegangen ist.

FAK Ich bin ihr nachgegangen, ich schwöre es.

CHARLES Dann verprügele ich sie, weil sie dich auf die Idee gebracht hat, das zu tun, was du getan hast.

FAK Ich habe überhaupt nichts getan.

CHARLES Du bist ihr nachgegangen.

FAK Wenn es so dunkel ist, lässt sich unmöglich wissen, wer wem nachgeht, man steht sich plötzlich gegenüber, ohne zu wissen warum oder wer wem gegenübersteht.

CHARLES Du bist auf die Idee gekommen, zu versuchen, mit ihr da rein zu gehen.

FAK Ich bin auf gar keine Idee gekommen, ich schwöre es; ich habe nur geredet, weil wir uns nachts zufällig gegenübergestanden sind, wir mussten reden, um nicht dumm dazustehen.

CHARLES Und du hast sie betatscht.

FAK Gar nichts habe ich betatscht. Ein bisschen hingelangt vielleicht, und nicht mal das ist sicher, weil es zu dunkel war.

CHARLES Und wie weit hast du hingelangt?

FAK Vielleicht bis hierhin, jedenfalls nirgends sonst, es war hell genug, dass ich wusste, bis wohin ich hinlange.

CHARLES Ich will nicht, dass du irgendwo hinlangst oder dass du ihr nachgehst oder dass du auf die Idee kommst, mit ihr nachts da rein zu gehen, ohne mir zu sagen, dass du auf diese Idee kommst, damit ich dir sagen kann, ob du diese Idee im Kopf behalten darfst oder nicht. Sie ist noch viel zu klein, um selber auf eine Idee zu kommen und um auf der Hut zu sein und dich so kommen zu sehen, wie ich weiß, dass du gewöhnlich kommst, du schleichst dich an wie ein kleiner Drachen und redest von was mit was anderm im Kopf, ich kenne deine Masche; aber danach ist es zu spät, und dann muss ich sie trösten. Ich will sie nicht trösten müssen, lieber verprügele ich sie vorher, wenn ich je merke, dass du auf irgendeine noch so kleine Idee kommst, ohne mich auf der Stelle zu fragen, ob du auf sie kommen und sie dann im Kopf behalten darfst.

FAK Ich schwöre dir, ich käme nie auf eine Idee, ohne dich zu fragen, ob ich sie im Kopf behalten darf. Im Augenblick steht mir der Sinn nach ganz anderen Dingen.

CHARLES Schwörst du, dass du mich fragen würdest?

FAK Klar, schwöre ich es.

CHARLES Und worauf bist du bereit, es zu schwören?

FAK Worauf du willst, dass ich schwöre, schwöre ich.

CHARLES Ich weiß nicht worauf; ich kenne nichts, worauf du schwören könntest, was für mich zählt, und worauf ich dich schwören lassen könnte und was für dich zählt.

FAK Wenn dus gefunden hast, dann sags mir.

CHARLES Gut, dann schwöre zum Beispiel, sagen wir auf die Jaguarschlüssel, die du in der Tasche hast.

FAK Darauf schwöre ich es. *Er steckt die Hand in die Tasche.*

CHARLES Ich weiß nicht, worauf du geschworen hast.

FAK Da du weißt, ob die Schlüssel in meiner Tasche sind, weißt du auch, worauf ich geschworen habe, und dass es etwas ist, was für mich genau so zählt wie für dich.

CHARLES Hol sie trotzdem aus der Tasche, versuch nicht, mich dranzukriegen.

FAK Ich versuche gar nichts, ich hole sie nicht raus, das ist alles.

CHARLES Also fifty-fifty.

FAK Was fifty? Ich verlange nichts von dir.

CHARLES Du bist ihr nachgegangen, du hast hingelangt, du bist auf Ideen gekommen, ohne mich zu fragen: ich werde sie verprügeln.

FAK Du bist ihr Bruder, sie ist klein, es ist normal, dass du sie verprügelst; so schlägt sie nicht in wer weiß was für eine Art. Ich sage nichts anderes, ich bin nicht ihr Bruder.

CHARLES Versuch nicht, mich dazu zu bringen, dass ich vergesse, wovon die Rede ist. Ich kenne deine Masche.

FAK Gar nichts kennst du von meiner Masche. Wir reden darüber, ob ich, wenn sichs ergibt, auf die Idee kommen darf, hinzulangen, wohin ich will, und auch ruhig lange hinzulangen, und auf die Idee, hineinzugehen mit wem ich will und wohin ich will, ohne es jemandem sagen und ohne jemanden fragen zu müssen.

CHARLES Meiner Meinung nach darfst du das. *Er streckt die Hand aus.*

FAK Und ob ich zum Beispiel die Idee im Kopf behalten darf, mit ihr da rein zu gehen, selbst wenn sie nicht weiß, was das heißt, selbst wenn sie tausendmal zu klein oder tausendmal zu groß ist, selbst wenn sie ältere Brüder hat, und mit ihr da rein zu gehen, wann ich will, ohne dass jemand sie verprügelt und ohne dass jemand sie tröstet und ohne sonst irgendwas.

CHARLES Das ist normal, wenn du auf so eine Idee kommst, dann darfst du sie im Kopf behalten, ich sag nichts anderes, wir machen fifty-fifty, niemand kriegt Prügel.

FAK Schwörst dus?

CHARLES Ich schwöre es.

FAK Worauf?

CHARLES Auf dasselbe, worauf du geschworen hast.

Fak gibt ihm die Schlüssel. Cécile erscheint, die Sonne steigt rasch am Himmel auf. Als Charles Cécile sieht, macht er die Augen zu. Fak und Claire schauen sich an und gehen jeder nach einer Seite ab.

***

Am Fuß der weißen, in Sonnenlicht getauchten Wand. Cécile hat sich Charles genähert.

CÉCILE Sag mir, Carlos, sag mir, was du tun willst, um aus ihm ganz schnell herauszuholen, was sich aus ihm herausholen lässt, um dafür zu sorgen, dass er was ausspuckt, um die Taube zu rupfen, um diesen alten Hahn bis auf den letzten Blutstropfen zu schröpfen, bevor er durch Verrat und Schiebereien sein Automobil wieder in Gang bringt und er abhaut mit der Schnepfe und all unseren Hoffnungen und dem ganzen Kuchen, ohne uns ein Stück übrig zu lassen, bevor er uns zurücklässt in der Finsternis und der bittersten Not, ohne Wasser, ohne Geld, in der man gerade noch auf allen Vieren kriechen und die Pisse der Hunde vom Bürgersteig lecken und Regenwasser aus den Mülltonnen trinken und unter dem Abwasserschwall eines Kanalrohres krepieren kann, während du schläfst, Carlos, du an der Sonne verfaulte Drohne, wo du doch schon an ihm dranhängen müsstest wie eine Fledermaus in seinen Haaren.

CHARLES Nenn mich nicht Carlos und mach mir Schatten.

CÉCILE Hör auf zu schlafen, und gib mir zuerst Antwort.

CHARLES Ich schlafe nicht.

CÉCILE Du schläfst immer, wenn ich dich etwas frage.

CHARLES Nein, ich denke darüber nach.

CÉCILE Das ist dasselbe; wie immer, wenn etwas zu tun ist, schläfst du noch oder schläfst du schon wieder, wie immer, wenn ich dich sehe, immer hast du die Augen zu, so dass ich schon nicht mehr die Farbe deiner Augen weiß, so dass ich, wenn ich dich sehe, mich wirklich frage, ist das denn mein Sohn, mit dem ich zu sprechen versuche, ist es diese in der Sonne vor sich hin faulende Drohne, die ich eines Tages aus unserem Land in dieses Land gebracht habe in der Hoffnung, aus ihr einen Menschen erster Garnitur zu machen; aber wenn ich dich heute sehe, bleibt mir nichts mehr von den Hoffnungen, die mich auf dem Schiff so kerzengerade dastehen ließen, als wir hier einliefen, nichts als diese stupide, unfähige, treulose Drohne, die blass ist wie die Leute hier, angezogen wie die Leute hier, verdorben von der Sonne und den Sitten und der Krokodilsfaulheit der Leute hier, und die sich zu gut war für die Schule, die der Ehrbarkeit den Rücken gekehrt hat, die nachts einer Arbeit nachgehen muss, die keinen Namen hat, einer Arbeit ohne Lohnzettel und ohne Gehaltserhöhung und ohne Ehrbarkeit, und selbst die hast du aufgegeben, und jetzt lässt du dich treiben wie eine tote Drohne in einer Pfütze, während da drüben unser Stück vom Küchen trocknet, das du abhauen lassen wirst, ohne den nötigen und angemessenen Dank, der uns rechtens zukommt, weil du ihn aus dem Wasser gezogen hast.

CHARLES Nicht ich habe ihn aus dem Wasser gezogen.

CÉCILE Doch, das hast du, doch, das hast du, ich habe alles von meinem Fenster aus gesehen, er muss dafür zahlen, dass er in dieses Loch hineingetappt ist, Carlos, dafür muss er zahlen.

CHARLES Ich will nicht, dass du mich Carlos nennst.

CÉCILE Das ist dein Name.

CHARLES Ich heiße Charles.

CÉCILE Nicht vor Gott, nicht vor Gott, und nicht vor mir.

CHARLES Du störst mich beim Nachdenken.

CÉCILE Hör auf nachzudenken und gib mir Antwort.

CHARLES Entweder man redet oder man denkt nach, man kann nicht alles auf einmal.

CÉCILE Für wen denkst du nach? Für dich allein oder für uns alle?

CHARLES Ich denke allgemein nach.

CÉCILE Wir sind zu unglücklich und nicht reich genug zum Nachdenken.

CHARLES Man muss nachdenken, um einen Plan zu haben.

CÉCILE Wir brauchen keinen Plan.

CHARLES Ich brauche einen Plan, wenn ich etwas machen will.

CÉCILE Du machst keinen Plan, du schläfst.

CHARLES Ich schlafe nicht, ich denke nach.

CÉCILE Dann sag mir, was bei diesem Nachdenken herauskommt.

CHARLES Lass mir erst Zeit.

CÉCILE Wir sind zu alt, um uns Zeit zu nehmen; wenn

du nichts machst, dann kümmere ich mich selber drum, dass er was ausspuckt.

CHARLES Kümmer dich um nichts, bleib in deiner Ecke, es ist nicht deine Sache, du bist viel zu alt zum Abzocken, und krank.

CÉCILE Er ist für uns alle gekommen, nicht nur für dich allein. Wie! Ein Automobil kommt nachts angefahren, alle gehen los, um abzuzocken, und mich lassen sie in meiner Ecke, weil ich angeblich zu alt und krank bin? Und ob ich abzocken werde, du unternimmst ja nichts.

CHARLES Wenn du die ganze Zeit redest, kann ich nicht nachdenken; wenn ich nicht nachdenke, kann ich keinen Plan machen; wenn ich keinen Plan habe, dann kann ich nichts machen, und lass mich in Ruhe.

CÉCILE Nein, Carlos, schlaf nicht, schlaf nicht, Carlos.

CHARLES Charles, verdammt nochmal.

CÉCILE Schlaf nicht.

CHARLES Ich habe die Sonne im Gesicht

Sie verändert ihren Platz und macht ihm Schatten.

CÉCILE Ich will vorkommen in deinem Plan, so richtig mittendrin in deinem Plan, mit dir mein Stück vom Kuchen fressen, das mir zu fressen zusteht, bevor ich krepiere. Ich will nicht, dass dein Plan ganz allein für dich ist, dass du uns hier in der Scheiße stecken lässt, mitten unter Wilden, die ich immer noch nicht kenne, weder die Sitten noch die Gebräuche noch die Religion, ohne Wasser, ohne Geld, ohne Licht, mit dieser Tochter am Hals, von der ich nie wüsste, wem ich sie geben soll, denn hier kenne ich niemanden, und mit diesem alten Mann, der seinen letzten Veteranenjapser einfach nicht tun will, und mit mir selber am Hals, so alt, so krank, von einer hiesigen Krankheit, die grausam ist und tückisch, ohne Namen und ohne Schutzpatron, den man anrufen kann, wo ich nur auf dich allein hätte zählen können, um meiner Krankheit einen Namen zu geben und um nicht daran zu krepieren, wie ich daran krepieren werde, ohne dass ich einen einzigen kurzen Augenblick ohne Schmerz und ohne Elend kennen gelernt habe, wie eine Fliege, die im Schrank eingesperrt ist und am Ende des Tages stirbt, ohne dass der Schrank auch nur einen Spaltbreit aufgegangen wäre.

CHARLES Du bist nicht so krank und so alt, du tust nur so, damit du jammern und mich beim Überlegen stören kannst.

CÉCILE Ja, es macht mir Spaß zu jammern, und ich werde weiterjammern zu Füßen dieses Krokodils, das du aus dem Wasser gefischt hast und das dort drüben trocknet und das sich, wenn du so weiterschläfst wie ein Nilpferd, ohne unsere Belohnung hier verdrücken wird; aber wenn du dich nicht rührst, dann schlitze ich selber seinem Automobil mit einem Küchenmesser die Reifen auf und ich ramme ihm selber meine Zähne in den Schenkel und lasse ihn seine Tränen vergießen, bis er völlig ausgedörrt ist, Carlos, antworte mir.

CHARLES Ich will diesen Namen nicht hören.

CÉCILE Und ich werde dich nie anders nennen.

CHARLES Dann werde ich dir auch nie antworten.

CÉCILE Es ist lästerlich, den Namen zu ändern, unter dem Gott uns kennt; was auf deinem Konto steht, wird auf das Konto eines anderen verbucht, und Gott weiß, Carlos, was auf deins verbucht wird.

CHARLES Ich werde nicht antworten.

CÉCILE Aber wo wir doch allein sind, wo doch niemand uns hört, wo doch niemand, nicht einmal mit guten Augen, meine alten Lippen sich bewegen sieht, kann ich dich nennen, wie ich will.

CHARLES Nein, ich will nicht.

CÉCILE Und ich will dich nicht, ich kann dich nicht anders nennen.

CHARLES Die Sonne ist weiter, und ich habe sie in den Augen.

Sie verändert ihren Platz und macht ihm Schatten.

CÉCILE *leise* Insgeheim, Carlos, ganz auf dem Grunde deines Herzens, denkst du nicht manchmal daran, in unser Land zurückzukehren, um drüben zu leben? Träumst du nicht wenigstens insgeheim von dem Land, aus dem wir kommen, wo alles für dich einfacher wäre, wo du kein Fremder wärst, wo man deine Sprache spricht und wo du geachtet wärst? Sag es mir, insgeheim. Carlos, ob du nie von unserem Land träumst, wo die Straßen so sauber sind, wo es so kühl ist, wenn man hier schwitzt, und lau, wenn wir hier frieren, wo die Leute Christen sind und wo man uns respektiert? Sag mir, insgeheim, wie oft du schon geträumt hast, Carlos, von den Landschaften unseres Landes, von den Häusern unseres Landes, vom Wasser, den Stürmen, dem Frühling dort, sag mir wenigstens das.

CHARLES Nenne mich nicht Carlos, ich werde nicht antworten.

CÉCILE Antworte mir, antworte mir, ich werde dich nicht mehr nennen.

CHARLES Nein, ich denke nie daran.

CÉCILE Aber die Träume, träumst du nie davon?
CHARLES Nie, nein, ich träume nicht davon.
CÉCILE Wovon träumst du dann?
CHARLES Ich träume nicht.
CÉCILE Schlaf nicht, schlaf nicht.
CHARLES Ich schlafe nicht.
CÉCILE Gut, ich will nicht, dass du nach drüben fährst, um drüben zu leben. Ich will nicht, dass du daran denkst; ich will nicht einmal, dass du, Carlos, auch nur den kleinsten Traum träumst, und sei es auch nur insgeheim, vom Frühling dort, von den Bächen dort, von den Stürmen, dem Wasser, den weißen Straßen; ich will nicht, dass du von unserem Land träumst, in dem das Leben einfacher wäre, wo die Leute Christen sind und wo man uns respektiert. Ich will, dass du hier bei uns bleibst und hier mit uns in der Scheiße steckst.
CHARLES Mach mir Schatten.
CÉCILE Ich habe keinen Schatten mehr. *Sie weint.*
CHARLES *öffnet die Augen* Ich habe zu tun. *Er geht ab.*

***

»Die Nacht umwehte ihn, umwehte ihn sacht...«
Faulkner

Abad, ganz durchnässt, auf der Mole in der Sonne. Charles geht zu ihm hin.

CHARLES Fak sagt mir, dass du jetzt dein Business lieber solo machen willst. Du hast das Recht, deine Geheimnisse für dich zu behalten; sogar ein Bruder hat das Recht, vor seinem Bruder Geheimnisse zu haben; aber ein Bruder, der vor seinem Bruder zu viele Geheimnisse hat, das ist kein Bruder, das ist ein Fremder, und wenn es kein Fremder ist, dann ist es ein Verräter. Als wir zusammengearbeitet haben, haben wir immer fifty-fifty gemacht, oder? Und da du keine Familie ernähren musst, hast du bestimmt einen hübschen Batzen auf der Seite; du hast Sinn fürs Sparen, ich weiß also, dass du einen hübschen Batzen auf der Seite hast. Es stimmt also, du kannst dein Business solo machen, Fak sagt, du hast das Recht dazu, Fak hat immer recht, und du genauso, und wenn das stimmt, dann musst du mir nur Lebwohl sagen, du hast das Recht, deinen Weg zu gehen, und ich meinen. Aber ich geh nicht als erster, krieg das in deinen verdammten Schädel. Du sagst mir als erster Lebwohl, nicht ich, Brownie, nicht ich.

Fak sagt, es ist deswegen, weil hier nicht mehr genug normale Arbeiter waren, und sie wohnen jetzt alle im Hafen; Fak sagt, eine Reederei kann keine Linie in Betrieb lassen, wenn es nicht genügend Leute gibt, die sie benutzen; er hat sicher recht, das ist Business. Die Fähre jedenfalls, Brownie, die hält hier nie mehr, das ist sicher, und sicher ist, wenn das stimmt, dann machst du vielleicht dein Business jetzt besser solo. Fak sagt, du hast recht; er hat recht; du hast immer recht; das kommt bestimmt daher, weil du nicht viel redest und deine Geheimnisse für dich behältst; also liegst du nicht oft daneben. Ich jedenfalls mache meinen Weg nicht ohne dich, vor dir werde ich nie Geheimnisse haben, Brownie, ich werde nie ein Verräter.

Für uns, Brownie, ist es vorbei mit der alten Masche, dafür sind wir zu kaputt, man muss sich eine andere Masche zulegen, solange es noch Zeit ist. Schau dir die anderen an: alle sind sie weg, alle machen ihre Kohle anderswo und mit was anderem. Man muss weggehen können, solange es noch Zeit ist.

Man darf nicht den Weg einschlagen, der einem zu genau vorgebahnt ist, Brownie, man muss sich nebendran selber einen bahnen, den eigenen. Wir müssen das Business zusammen weitermachen. Außer mir versteht dich sowieso keiner, deswegen muss dir dran liegen, dass wir das Business zusammen weitermachen. Und mit deinem Geld, damit kannst du allein nichts anfangen, Brownie, nichts, du brauchst mich zum Reden. Ich weiß genau, was ich damit mache, darum gibst du es mir besser gleich. Dein Geld darf nicht mit dir verrotten.

Schau dir an, wie ich angezogen bin; schau, meine Schuhe; sie sieht mir gleich den Proleten an. Die Reichen sehen bei den andern durch den Stoff das Geld in den Taschen, noch bevor sie dich sehen, sehen sie schon die leeren Taschen. Ich will nicht dastehen wie ein Prolet, Brownie, das will ich nicht.

Ich will mir die Frau vornehmen. Es heißt, einen Jaguar, Brownie, den bringt nichts zum Stehen, nicht mal die Bremsen. Wenn wir die Frau geschafft haben, dann schaffen wir auch das Auto, Brownie, aber nicht mit der alten Masche, dazu sind wir zu kaputt, und wir kämen nicht weit. Die Zukunft ist das Business und die sanfte Tour; und deswegen musst du mich machen lassen, man muss Geduld haben, nicht nervös werden. Dann muss man nicht mehr auf die Bremse treten, Brownie, das verspreche ich dir. Nur kann ich nicht zu ihr hin ohne Geld in der Tasche. Dein Geld will ich mir nur in die Tasche stecken, nur für die Zeit, wo ich mit ihr rede, und dann gebe ich es dir wieder. Ich will nur, dass man uns nicht missachtet.

Du weißt sowieso ganz genau, Brownie, wo dein Vorteil liegt; Fak sagt, dass du nie aus dem Konzept kommst, selbst wenn es so aussieht, und er hat recht. Du weißt genau, Brownie, vom ersten Tag an, entweder du schaffst es mit mir oder du gehst mit mir drauf. *Er lacht.* Wir sind Brüder, Brownie, wir sind Brüder vom Blut her, wir sind Brüder durch die Kohle, durch das, wo's uns juckt, sind wir Brüder; dir kann nichts daran liegen, dass ich die Krätze kriege, Brownie, oder du musst dich als erster kratzen. Eigentlich hast du wirklich keine Wahl.
Als ich klein war, hatte ich immer Flöhe auf dem Kopf, unter den Armen, auf jedem Härchen hauste eine Kolonie von schwarzen Flöhen. Meine Alte hat mich mit Petroleum eingepinselt, aber wenn wir dachten, sie sind weg, kamen sie auf Zehenspitzen wieder an, und es hat mich wieder von neuem gejuckt. Da hat sie mir die Fingernägel gebürstet, sie hat gesagt: da drunter hat sich bestimmt einer versteckt; sie hat mir Ginster- und Waldmeistertee zu trinken gegeben, um das Blut zu reinigen, das die Eier transportiert; aber einer hat es immer geschafft, sich zu verstecken, und wir haben nie herausgefunden, wo. Gegen den letzten Floh ist nichts zu machen, da musst du passen. *Er lacht.* Am Ende ist es viel einfacher, sich an die Flöhe zu gewöhnen, als sie loszuwerden.
Mit deiner Kohle, weißt du, damit könnte ich ganz allein nicht viel anfangen *er lacht,* nicht viel, nein, du brauchst dir keine Sorgen zu machen. *Er lacht.*

Das weißt du, Brownie, aber vielleicht weißt du nicht, dass ich es auch weiß. Vielleicht hatte ich es eben vergessen, vielleicht vergesse ich es gleich. Aber jetzt weiß ich es, und vergiss nicht, Brownie, ich habs dir gesagt.
Wir hätten anders auf die Welt kommen müssen. Reich und dumm auf die Welt kommen, als dummes Kind eines Bankiers oder Reeders auf die Welt kommen, das ist der einzige Traum, der sich zu träumen lohnt, Brownie; alles andere, davon lohnt sichs nicht einmal im Traum zu träumen. Deswegen träumen wir von nichts, Brownie, da bist nicht du dran schuld, und ich genau so wenig, wir sind an der falschen Adresse auf die Welt gekommen, und basta. *Er hebt das Geld auf, das Abad vor ihn hingelegt hat.* Dafür liebe ich dich, Brownie. *Er lacht.* Dafür liebe ich dich. *Er küsst die Scheine.* Denk dran, ich habs dir gesagt.

Charles ab.

***

Die Autobahn zur Stunde der Siesta. Koch liegt durchnäßt mit geschlossenen Augen in der Sonne. Monique und Charles sprechen leise miteinander.

MONIQUE Bitte duzen Sie mich nicht und werden Sie bitte nicht laut, bleiben wir höflich, man braucht sich nicht gegenseitig Angst einzujagen. Ich habe sowieso schon gar nicht mehr die Kraft zum Angsthaben. Wenn die Leute nur alle ihre Geschäfte höflich abwickeln würden, ohne Vertraulichkeit und ohne laut zu werden, dann wären die Dinge trotz allem weniger anstrengend. Haben Sie nicht vielleicht einen Kamm, irgendein Stückchen Kamm, es können ruhig ein paar Zacken fehlen? Das einzige, was ich nicht aushalte nach einer schlaflosen Nacht, das ist, dass man sich nicht wenigstens durch die Haare fahren kann. Nein, ich habe keine Lust, zuzusehen, wie er wieder das Zappeln anfängt; er schläft seinen Rappel aus, ich wecke ihn, wenn das Auto startklar ist. Was mich betrifft, ich möchte es, Herrgott, wenigstens wissen; nennen Sie Ihren Preis, ich zahle, was Sie verlangen. Wie schüchtern Sie aussehen, Herrgott, wie wirkt das alles nett und einschüchternd in diesem Licht. Ich schaue mich lieber nicht an, meine Haare sind so spröde, sie stehen bestimmt kreuz und quer. Ihre Art Schüchternheit ist ansteckend, ich merke es, noch fünf Minuten, und ich laufe rot an und verkrieche mich in ein Mauseloch, so kommen die Geschafte nicht in Gang. Ich bin so, so müde, und es kann passieren, dass ich in Ohnmacht falle, Herrgott, schauen Sie mich nicht so an, ich muss ja aussehen wie eine Hexe; Sie werden doch irgendwo einen alten dreckigen Kamm für mich auftreiben können.

CHARLES Ich will über Business reden. Ich gebe nie was umsonst; darum will ich mit ihm reden und nicht mit dir. Mit Frauen zu reden, habe ich schon lange verlernt. Es stimmt, mit dieser Mähne siehst du aus wie ein Besen, ich sage meiner Schwester, sie soll dir helfen, dass du dich kämmen kannst, während ich mit ihm über Business rede.

MONIQUE Mit ihm, sieh an, mit ihm, bravo. Da liegt er sterbenselend, hat noch Sand und Muscheln in den Ohren und im Rachen, aber mit ihm wollen Sie reden. Sie machen mir Spaß. Nur zu, probieren Sie's, fragen Sie ihn, wie ein Auto funktioniert, erzählen Sie ihm von einem Verteilerkopf, wenn Sie sehen wollen, wie er aus den Schuhen kippt. Viel Spaß! Er interessiert sich nur für sich. Und Ihre Schwester, die kenne ich, ich warte immer noch auf die Handtücher, die sie holen wollte. Aber nein, ich warte auf keine Handtücher mehr, kein Hemd, keinen Kamm, keine Hilfe von irgendjemandem, ich warte auf nichts mehr.

CHARLES Du wirst doch nicht in Ohnmacht fallen?

MONIQUE Zum Glück sind Sie wenigstens nett; ich fühle mich gar nicht gut. Es besteht doch wohl kein Grund, dass wir hier unser Zelt aufschlagen für ewig und drei Tage. Wir müssen zu einer Einigung kommen. Aber ich habe kein Geld, keinen Pfennig mehr.

CHARLES Ich habe Geld, Geld will ich nicht.

MONIQUE Sehr gut; ich habe gleich gesehen, Sie sind kein Underdog. Von Underdogs habe ich wirklich genug. Ich will weg, ich will nach Hause, ich will, dass dieses Auto anspringt, ich will nicht so struppig in der Stadt ankommen; helfen Sie mir, Herrgott!

Sie fällt in Ohnmacht; Charles fängt ihren Sturz auf.

CHARLES Ich habe gesagt, ich helfe euch. Noch ist es nicht dunkel. Sei nicht so hektisch. *Nach einer Pause, leise.* Ist es der XJS, das Coupé?

MONIQUE Ein Viertürer. Der Vanden Plas.

CHARLES Fünf komma drei Liter.

MONIQUE Ja. Zwölf Zylinder.

CHARLES Zwölf Zylinder. Hat er wirklich ein Problem mit den Bremsen?

MONIQUE Quatsch. Vier Scheibenbremsen, Zweikreishydraulik, Unterdruckservo.

CHARLES Komisch, eine Frau, die sich mit Technik auskennt.

MONIQUE Haben Sie Familie?

CHARLES Meine Schwester.

MONIQUE Mögen Sie sie?

CHARLES Sie ist fix. Sie lernt schnell. Sie wird es zu was bringen, wenn sie's drauf anlegt.

MONIQUE Ich habe mich immer nur mit meinen Geschwistern verstanden. Man sollte nie weg von seinen Geschwistern. Alles andere ist Quatsch. Warum sollte man weg von denen, mit denen man sich gut versteht und die nichts von einem wollen?

CHARLES *zeigt auf Koch* Er kann nicht mal Auto fahren?

MONIQUE Nicht mal das. Er kann gar nichts. Er ist nicht fix. Er lernt nicht schnell. *Pause.* Schauen Sie mich nicht an.

CHARLES Jemand ohne feine Klamotten ist wie eine Luxuskarosse ohne Motor, die irgendwo in der Ecke vergammelt. *Pause.* Ich spreche für mich.

MONIQUE Wirklich, mit Ihrem schüchternen Hundeblick machen Sie mich ganz verlegen.

CHARLES *nach einer Pause* Ich bin zu alt. Ich habe verlernt, mit Frauen zu reden.

MONIQUE *unvermittelt* Kommen Sie, kommen Sie mit uns mit. *Sie streckt die Hand aus.* Ich will nicht mehr mit ihm reden. Sie werden mich am Reden hindern. Kommen Sie mit uns mit. *Charles reicht ihr die Schlüssel.* Ja, so ist es viel besser. *Sie nimmt die Schlüssel, lässt aber die Hand ausgestreckt.* Machen Sie schnell, ich merke, gleich wird es dunkel, ich kriege es wieder mit der Angst zu tun.

CHARLES Weck ihn auf. Du hast die Schlüssel.

MONIQUE Die Schlüssel, die Schlüssel, was soll ich mit Ihren Schlüsseln? Glauben Sie, ich bin auf die Schlüssel angewiesen, um ein Auto zu starten? Ein kleines Mädchen startet doch ein Auto ohne Schlüssel, halten Sie mich nicht für blöd. *Leise.* Der Verteilerkopf. Und Sie haben die Kühlerhaube aufgebrochen, sie ist ganz eingedellt.

CHARLES Wer?

MONIQUE Wer? Sie fragen mich: wer? Herrgott! Sie, vermute ich doch.

CHARLES Ich habs gewusst: mit einer Frau darf man nie Geschäfte machen. *Er lacht.* Jetzt fällts mir wieder ein. *Leise.* Wenn du von hier weg willst, musst du ihn tragen. Es sind zwölf Kilometer, außen rum.

MONIQUE Hauen Sie ab; duzen Sie mich nicht.

CHARLES Wenn du gleich losgehst, schaffst du es vielleicht, bevor es dunkel wird.

Ab.

***

»Denn ich hatte gesagt, ob sie uns abgefroren sind oder nicht, wir werden uns wieder sehen. Sie, Hauptmann, haben uns aus einem Land der gemäßigten Breiten in ein Land des Eises geführt, ohne uns Zeit zu lassen, Stiefel anzuziehen und in eine Wollhose zu schlüpfen, Sie haben uns aus dem Haus in die Kaserne gehetzt, aus der Kaserne auf den Kai und vom Kai ins Schiff, wie die Flöhe, in Bastschuhen, und wer wird uns jetzt die Bastschuhe ersetzen, die in Eis und Schnee verrottet sind, und die Füße, die in ihnen steckten? Er hatte die Nase hochgezogen und gesagt: Maulhalten, Korporal, marschier und halt die Schnauze; der Soldat hatte

sich zu mir herübergebeugt und geflüstert: He, Korporal! Und ich habe ihm gesagt: Maulhalten, Soldat, marschier; und damals hatte ich Respekt vor der Hierarchie.

Hauptmann, Hauptmann, trotz meines noch vorhandenen Respekts vor der Hierarchie, warum sagen Sie den ranghöheren Offizieren nicht, dass den Männern, den armen Männern in ihren durchlöcherten Bastschuhen, die Füße erfroren sind, dass wir nicht weiterkönnen, dass es neblig wird, dass wir zu den Schiffen zurückkehren und auf Stiefel warten müssten oder uns in den Schnee setzen, bis uns alles abfriert in unseren Leinenhosen, Hauptmann, genau das steht uns bevor, wir entfernen uns von den Schiffen, ich sehe sie nicht mehr, ich sehe meine Männer nicht mehr, selbst Sie sehe ich nicht mehr; der Hauptmann hatte gesagt: Korporal, hier wird nicht diskutiert, hier wird marschiert; der Soldat hatte mich am Arm gepackt: he Korporal! Ich habe ihm gesagt: hier wird nicht diskutiert. Dann habe ich den Hauptmann nicht mehr gesehen, er war vom Nebel verschluckt, und den Soldaten nicht mehr gesehen, ich sah gerade noch, wie sein Käppi irgendwo im Eis verschwand, niemanden mehr gesehen, mehr gehört, nur noch den Nebel und den Schnee und das Eis, und ich habe mich hingesetzt, um auf Befehle zu warten, in einer ganz dünnen Leinenhose, wie man sie in den Ländern der gemäßigten Breiten trägt. So seid ihr davongekommen, habe ich gesagt, ob ihr euch die Eier abgefroren habt oder nicht, euch sehe ich wieder.« sagt Rodolfe.

***

Das Lagerhaus, durchflutet von goldenen Strahlen. Cécile macht sorgenvoll und einsam einen langen Gang durch das Lagerhaus. Als sie vor Abad ankommt, bleibt sie stehen, schaut ihn kaum an, zieht ein Taschentuch aus ihrer Tasche und hält es ihm hin.

CÉCILE Ich will eine rauchen, ich bin eine kranke alte Frau, ich darf auf gar keinen Fall rauchen, wegen meinem Husten, mein Mann will auf gar keinen Fall, dass ich rauche, er findet, das wirkt nuttig; ich wollte Handtücher mitbringen, um dich abzutrocknen, Zigaretten, um dich zu benebeln, und meinen Schmu, um dich einzuwickeln, aber ich bin eine steinalte Frau ohne Gedächtnis, ich habe nur ein altes, nicht sehr sauberes Taschentuch und Lust, selber zu rauchen, du holst dir noch eine Lungenentzündung erster Güte, wenn du dich nicht abtrocknest. *Abad nimmt das Taschentuch.* Mit den Wilden kann ich, ich bin selber eine alte Wilde, mein Mann sagt, ich werde immer eine Wilde bleiben, selbst wenn ich auf Nutte mache, man muss lachen können, wenn einem zum Lachen zumute ist, ich habe auch kein Feuer. *Abad reicht ihr eine brennende Zigarette.* Die Welt steht Kopf, aber Gott ist Gott sei Dank daran gewöhnt, die reinen und die unreinen Tiere auseinander zu halten, wir liegen nie in derselben Koje, Sie steigen Gott sei Dank mit uns nicht auf dasselbe Schiff, trocknen Sie sich endlich ab. *Sie hustet.* Ich und Nutte! *Sie setzt sich hin.* Ich will nur unter uns eine rauchen, ich will ein bisschen Luft schnappen unter Wilden. *Sie rauchen.*
Bis zum Abend muss ich mich verstecken, wenn es Abend wird, dann gehe ich mit meinem Schmu zu diesem distinguierten Herrn, wenn ich zu früh an-

fange, bin ich aufgeschmissen, mein Schmu funktioniert nur in den ersten Stunden der Dämmerung. Ich bin so müde, sobald ich auch nur den kleinsten Einfall habe, muss ich mich gleich hinsetzen und erst einmal verschnaufen. Was geht das dich an? Er hat sowieso nichts gesehen, er ist zu alt, er ist sechshundert Jahre und er hatte die Augen voller Wasser, also komme ich ihm mit dem Schmu von der kranken alten Frau, deren Sohn ihn aus dem Wasser gezogen hat, und ich kassiere, ich gebe meine Liste ab wie bei meiner Hochzeit, der Laden ist erste Garnitur, ich habe das Automobil ganz, ganz nahe in der Sonne gesehen, darum muss ich mich verstecken. In dem Land hier muss ein Wilder den Mund halten können; Gott sei Dank kannst du den Mund halten, wenn ich nicht die Wassertropfen von deinem Kopf tröpfeln gehört hätte, wäre ich in dich hineingetappt; worauf wartest du, dich abzutrocknen? Bis er seine Lungenentzündung hat? Was geht dich das an? Für dich fällt Gott sei Dank sowieso nichts ab. Der distinguierte Herr sieht gleich den Unterschied, du und ich, wir treiben nie auf demselben Floß; mein Mann sagt, man muss lachen können, wenn einem danach zumute ist. *Sie hustet.* Cigaros Winston, cigarros de maricón. *Sie wirft die Zigarette fort.* Schmeiß mein sauberes Taschentuch nicht in diesen Matsch. *Sie hebt das Taschentuch auf.*
Ein wahnsinniger Dreck. *Sie schaut sich um.* Eine Sauerei. Ich schäme mich für euch, so was von Sauerei habe ich im Leben nicht gesehen. In meiner Heimat würde man sich schämen, sich so einen Ort nur vorzustellen. Selbst die Kanalratten in meiner Heimat würden sich mit den Ratten hier nicht paaren. Aber mein Sohn war nie ganz normal. Gut, ich

schaffe es ohne dich; die Wilden liegen sich gegenseitig in der Wolle, das ist bekannt, anstatt dass sie sich helfen. *Sie steht auf, entfernt sich von Abad.* Er hatte mir gesagt, hier gäbe es irgendwo Wasser, einen Hahn, ich habe nicht mal was gesehen. Er hätte wenigstens die Landschaften seiner Heimat auf die Wände malen können. Du hättest auf die Wände die Landschaften deiner Heimat malen können. Ich kenne weder deine Heimat noch deine Religion noch den Namen deiner Mutter, nichts; ich weiß nichts von meinem Sohn, und mein Mann sagt, ich kann nicht malen. Jedenfalls erinnere ich mich nicht einmal mehr an meine Heimat. Ich bin eine Nutte in Hochform, ich kann mit einem Küchenmesser Automobilreifen aufschlitzen und abwarten, bis es dunkel wird. *Sie lacht.* Ich und krank! Da hinten höre ich ihn keuchen, er hat sich in dem eiskalten Wasser bestimmt eine Lungenentzündung erster Güte geholt, und du, du sollst auch wie ein Eisklotz an Lungenentzündung krepieren, weil du mir nicht helfen willst; ich muss mit ihm sprechen, bevor er krepiert, was sind das für Tage, die sich hinziehen, Stunde um Stunde? Wenn ich zu früh rausgehe, bin ich aufgeschmissen. *Sie dreht Abad den Rücken zu, betrachtet die Decke, geht auf und ab.* Platz! Versinke! Purzel herunter! Bist du noch nicht müde, uns hier schmoren zu lassen wie die Bratäpfel, hast du es noch nicht satt, mir auf die Nerven zu gehen? Sei doch bitte so nett und hüpf ins Wasser und mach mir Platz.

Plötzlich läuft sie wieder auf Abad zu. Und du, sag diesen Wassertropfen, sie sollen sofort aufhören, von deinem Schädel zu rinnen, sie sollen aufhören, auf den Boden zu platschen, das Geräusch macht

mich müde, du hast keinerlei Recht, so ein Geräusch zu machen, keinerlei Genehmigung, nichts, du hast überhaupt kein Recht zu existieren.
Was hast du dafür bezahlt, dass du hier in diesem Land in Frieden lebst? Warum bist du weg von daheim? Hast du deine Mutter umgebracht? Hast du Politik gemacht? Ein Mann verlässt nicht sein Land und schämt sich für den Namen seiner Mutter ohne ein Verbrechen. Ihr bringt uns Unglück, mit dem Geruch eurer Verbrechen, eurer Schande, eures Schweigens, all dessen, was ihr verbergt. Mit euch, die ihr hierher gekommen seid ohne Vater und Mutter und Rasse und Nabel und Sprache und Name und Gott und Visum, kam die Zeit des Unglücks, Schlag auf Schlag; euretwegen ist das Unglück bei uns eingezogen, es ist die Treppe heraufgekommen, es hat unsere Türen eingetreten, und das war der Anfang des Elends, der Anfang der Geldnot, der Anfang der Dunkelheit dann, wenn man Licht braucht, und der Sonnen, die nicht untergehen wollen; der Anfang der Schiffe, die nicht mehr anlegen, der Abwanderung der anständigen Leute aus den Häusern, der Anfang des Chaos', der Beschimpfungen, der Messerstechereien, der Angst vor der Nacht, der Angst vor dem Tag, der Angst, die sich in den Nacken krallt, des Durcheinanders von Tag und Nacht; der Anfang der Krankheiten, die uns das Blut ansteckten durch die Stiche der Fliegen, die sich in euren Haaren verstecken. Vorher war die Sonne die Sonne, und sie parierte aufs Wort, und die Nacht war Schlafenszeit; die Türen hatten Schlösser, die Fenster hatten Scheiben, und aus den Wasserhähnen kam Wasser; aber ihr habt bis zum letzten Tropfen Wasser aus unseren Was-

serhähnen getrunken, und ihr habt niemandem etwas übrig gelassen. Vorher war hier alles gut; es taten weder die Beine weh noch der Rücken, weder der Hals noch die Augen, es gab kein Fieber, das nicht schlafen lässt, kein Bauchweh und keine Schmerzen in der Brust. Damals waren unsere Körper beim Gehen kerzengerade, die Schultern aufrecht und der Rücken locker. Aber langsam hat eure Schande uns die Schultern geduckt und unseren Kopf gebeugt, und das war der Anfang unseres Unglücks. Ich will dich nicht mehr sehen, ich will gar nichts mehr sehen. *Sie wendet sich zur Decke.* Platz!

Die goldenen Strahlen blinken sachte und verlieren ihren Glanz. Cécile ab.

***

Beim Lauf durch das gerade noch sonnenerhellte Lagerhaus.

CLAIRE Ich habe keine Zeit.

FAK Ich auch nicht.

CLAIRE Ich will nicht, dass du mit mir sprichst.

FAK Ich kann nicht mit dir sprechen, weil ich keine Zeit habe.

CLAIRE Ich will nicht mal, dass du mich anschaust, nicht einmal ganz kurz will ich es.

FAK Ich brauche gar nichts mehr anzuschauen, weil ich dich schon in aller Ruhe angeschaut habe und zwar komplett alles, sogar ohne Kleider drüber.

CLAIRE Gar nichts hast du angeschaut ohne Kleider drüber, was erzählst du da?

FAK Ich habe es sehr wohl angeschaut, heute Morgen habe ich es angeschaut.

CLAIRE Und wie willst du es bitteschön angeschaut haben, und noch dazu in aller Ruhe, das ist die Höhe!

FAK Als du heute Morgen alles im Fluss komplett sauber gemacht hast, da habe ich es mir an dir angeschaut.

CLAIRE Nie würde ich mich im Fluss sauber machen, was erzählst du da? Das Wasser ist viel zu dreckig, wir haben ein Haus, mit einem Wasserhahn und sauberem Wasser drin.

FAK Es ist kein Wasser mehr drin, und heute morgen hat deine Mama dich gezwungen, dich im Fluss sauber zu machen, und sie hat sich umgeschaut, um zu sehen, ob niemand zusieht, während du es dir sauber gemacht hast, aber ich war da oben auf dem Dach und ich habe dich komplett angeschaut, wie ich dich jetzt sehe mit den Kleidern drüber.

CLAIRE Ich sehe jedenfalls nicht, was das ändern sollte.

FAK Das ändert, dass du jetzt lieber mit mir willst, damit es zwischen uns gleich steht und du es auch bei mir gesehen hast, sonst stehst du wirklich zu blöd da.

CLAIRE Ich sehe nicht, was sich geändert hat, weil auch ich dich angeschaut habe, als du dich heute morgen in aller Seelenruhe im Fluss sauber gemacht hast, also steht es zwischen uns sowieso schon gleich, und du musst dir was anderes überlegen.

FAK Gar nichts hast du angeschaut an mir, weil ich mir ihn und alles andere im Fluss nicht sauber mache, und auch nicht in einem Haus und nicht in dreckigem oder sauberem Wasser, nie.

CLAIRE Und du möchtest, dass ich mit dir will, wo du mir selber sagst, dass du dir nie überhaupt irgendwo irgendwas sauber machst? Das ist die Höhe. Vielleicht hätte ich mit irgendjemandem vielleicht gewollt, der sich jeden Tag und überall und garantiert sauber macht, aber wo du selber sagst, dass du dich garantiert niemals sauber machst, sehe ich nicht, wie ich wollen kann, weil ich immer und überall ganz sauber bin.

FAK Du kannst nachsehen, auch ich bin überall immer ganz sauber.

CLAIRE Wie soll das gehen, dass du sauber bist? Das nehme ich dir nicht ab. Du hast mir gerade selber gesagt, dass du dich nie sauber machst, das habe nicht ich gesagt, na also.

FAK Eben, die, die sich von klein auf niemals sauber gemacht haben, sind immer sauber, weil der Dreck an ihnen das Interesse verliert und an ihnen abgleitet. Aber denen, die sich die ganze Zeit sauber machen und viel Zeit darauf verwenden, denen rennt der Dreck hinterher, je mehr sie sich waschen, desto stärker klebt er an ihnen fest; und später, wenn du sehr groß bist, musst du dich immer öfter waschen, und später, wenn du sehr alt bist, wirst du dich die ganze Zeit sauber machen und die ganze Zeit wirst du dreckig sein, während ich sauber bin bis ans Ende der Zeit.

CLAIRE Auch ohne Gleichstand will ich es sowieso nie, weil ich ganz genau weiß, dass mein Bruder dir gesagt hat, du darfst es, ob ich will oder nicht, deswegen, ob du es darfst oder nicht, will ich es nie.

FAK Ich sehe überhaupt nicht, was es für dich ändert, ob ich es darf oder nicht, denn das, was ich jetzt will, ist doch, dass du es auch willst.

CLAIRE Und warum hast du bitte schön noch nötig, dass ich es selber will, wenn du es doch schon darfst?

FAK Weil es viel schöner ist, wenn alle es wollen, und weil du selber sehen wirst, wieviel schöner es ist.

CLAIRE Stell dir vor, selbst wenn ich wüsste, dass es schöner wäre, wenn ich es wollte, würde ich es trotzdem nicht mit einem Jungen wollen, weil ihr Jungen immer etwas gegen etwas tauschen wollt und weil ihr nie etwas hergebt, also will ich überhaupt nichts.

FAK Ich tausche gar nichts; man gibt mir oder man gibt mir nicht, ich nehme oder ich nehme nicht, ich gebe oder ich gebe nicht.

CLAIRE Wie bitte, du tauschst nichts? Ich habe doch heute Morgen ganz genau gesehen, dass du mit meinem Bruder die Autoschlüssel getauscht hast, damit er abhauen kann, und zwar gegen etwas, was ich ganz genau kenne.

FAK Ich habe überhaupt nichts getauscht, weil ich ihm nichts gegeben habe, damit er abhauen kann, und weil ich es noch in der Tasche habe.

CLAIRE Was?

FAK Den Verteilerkopf.

CLAIRE *streckt die Hand aus* Dann gib ihn mir.

FAK Da. *Er gibt ihn ihr.*

CLAIRE *nach einer Pause* Ich bin sehr unglücklich.

FAK Wenn du sehr unglücklich wärst, würdest du nicht immer nein sagen. Jemand sehr Unglückliches sagt ja, und jemand, der nein sagt, ist immer noch ein bisschen glücklich.

CLAIRE Dabei bin ich überhaupt nicht mehr auch nur ein bisschen glücklich.

FAK Wenn das wahr wäre, musst du ja sagen.

CLAIRE Ja.
FAK Wann, ganz genau?
CLAIRE Wenn es ganz dunkel ist, vielleicht, ja, dann sag ich ja.
FAK Willst du wirklich, wenn es dunkel ist?
CLAIRE Stockdunkel, ja, dann will ich wirklich.
FAK Ich warte auf dich. *Ab.*
CLAIRE Ja. Ja. Ja. *Ab.*

***

Auf der Mole. Abad liegt zusammengekrümmt am Wasser. Charles hockt sich neben ihn. Die tief stehende Sonne spiegelt sich im Wasser des Flusses.

CHARLES Machs gut, Brownie; ich suche Fak, und wenn ich ihn gefunden habe, dann haue ich allein ab, mit dem Auto. Mach keinen Blödsinn, bevor ich weg bin, denk nicht zuviel nach, verlier nicht die Nerven, unternimm nichts, bis ich weg bin. Das verlange ich von dir, und du bist es mir schuldig.
Ich habe dir alles beigebracht, was ich wusste, Brownie, ich habe dir alles gegeben, was ich hatte; als du hier angekommen bist, hast du dich versteckt, und ich habe dir keine Fragen gestellt. Aber was man eines Tages gibt, das kann man sich immer wieder zurückholen; nur sich selber gibt man wirklich was; einem andern leiht mans, und eines Tages muss ers zurückgeben. Heute bist du dran mit Zurückgeben, Brownie. Also, unternimm nichts, bis der Jaguar losfährt, und ich werde drinsitzen, Brownie, das kannst du mir glauben, verlier nicht die Nerven, mach keinen Blödsinn, versuch nicht zu verstehen.

Vielleicht kommt die Abendfähre, und du kannst sie nehmen und wieder anfangen zu arbeiten, auch wenn du ganz allein wieder zu arbeiten anfängst; ich gehe auf die andere Seite, ich haue ab zum Hafen; ich arbeite am Anfang als Gorilla in einem Club, ich mache Kohle und tauche hier nicht mehr auf. So einfach ist das, mein Junge: jeder geht seiner Wege.
Vielleicht haben wir bis jetzt zusammengearbeitet, Brownie, und das war gut so; aber jetzt können wir nicht mehr arbeiten wie früher; also ist es vielleicht Zeit, dass wir unser Business solo machen. Vielleicht waren wir wie Brüder, ja, aber vielleicht ist es auch Zeit, dass wir uns trennen.
Außerdem verstehst du nie, was ich dir sage, und ich verstehe nichts von dem, was du denkst; du verhältst dich immer so, wie ich denke, dass du denkst, dass du eigentlich keine Lust hast, und hinterher berichtigst dus; so, wenn ichs richtig sehe, funktioniert es bei dir; aber du kannst nicht immer berichtigen, Brownie. Eigentlich habe ich bei dir nie was richtig verstanden. Also versuch auch du nicht zu verstehen und bleib da, bleib ruhig.
Drüben, auf der anderen Seite, da ist Oben; hier ist Unten; und hier bei uns ist das unterste Unten, weiter runter geht es nicht, und es ist wenig Hoffnung, dass es ein bisschen raufgeht. So weit man auch raufkommt, man ist sowieso nie was anderes als das Oben vom Unten. Deswegen gehe ich lieber auf die andere Seite, Brownie, ich gehe lieber da rüber; ich bin lieber da drüben das Unten vom Oben als hier das Oben vom Unten. Versuch nicht zu verstehen.
Ich habe nie gearbeitet, Brownie, nie; ich weiß gar nicht, wie das geht; mit Sklavenarbeit, ehrlicher Ar-

beit weiß ich nicht Bescheid, ich habe nie einen Chef gehabt, ich habe nie den Diener gemacht, nie gehorcht. Aber genau das werde ich jetzt tun, ich gehe auf die andere Seite. Das kannst du nicht verstehen.

Es stimmt, du hast eigentlich keine Wahl, Brownie. Für dich ist der Weg auf die andere Seite zu lang. Also hält vielleicht die Fähre wieder wie früher, du arbeitest alleine weiter, und alles ist wie früher für dich; und vielleicht auch nicht, aber ich wills nicht wissen. Du hast noch Fak; also bist du nicht ganz aufgeschmissen. Aber selbst das will ich auf keinen Fall wissen.

Irgendwann einmal musste es für dich schief gehen, Brownie. Du hast eine Galgenfrist gehabt, und da habe ich dir geholfen, aber irgendwann einmal musste es schief gehen. Als sie das Wasser abgestellt haben, habe ich gleich kapiert, dass es für dich schief gehen würde, mein Junge. Es wird keinen Platz mehr geben, wo du dich verstecken kannst, Brownie, du bist zu kaputt, und hier geben sie sich keine Mühe, Leute zu verstehen, die nicht reden. Jetzt musst du zahlen. Also wirst du zahlen, Brownie, das ist normal, ich kann nicht an deiner Stelle zahlen, und es gibt keinen Grund, warum ich mit dir zahlen sollte. Darum setze ich mich ab.

Wir sind so alt, Brownie, schon so alt, und wir sind so spät dran, mein Junge. Zu mehreren verliert man zuviel Zeit. Wir müssen versuchen, allein aufzuholen. Schau dir heute einen Fünfzehnjährigen an, er macht mit fünfzehn das, was wir mit fünfundzwanzig gemacht haben, und er hat schon mehr Kohle als wir. Wenn wir mit der bloßen Faust zulangen, arbeiten die Rotznasen von fünfzehn mit dem Schlag-

ring; wenn wir auf den Schlagring kommen, sind sie beim Messer, und wenn wir allmählich mit dem Messer anfangen, sind sie schon beim Revolver. Sie sind alle weg, einer nach dem andern, und wenn sie wiederkommen, sind sie die Könige, und wir sind ihre Sklaven. Also setze ich mich lieber ab. Die Zukunft, mein Junge, ist die anständige Arbeit. Anständigkeit ist im Grunde gar nicht schlecht. Im Grunde mag ichs. Jedenfalls ist da die Kohle.
Du bist zu blöd, Brownie; bei dir werd ich nie wissen, was du wirklich magst, aber eines weiß ich, du bist zu blöd. Ich glaube, du magst gar nichts, du hast nie Hunger. Ich werde immer Hunger haben, immer; selbst wenn ich keinen Platz mehr habe, wo ich meine Kohle hintun soll, habe ich immer noch Hunger. Wer keinen Hunger mehr hat, der ist schon gestorben. Ich krepiere vor Hunger, und du, du bist schon gestorben, darum geht das nicht zusammen.
Hast du nie Kohle gerochen, Brownie? Ich habe sie eben gerochen, als ich das Auto gehört habe. Kohle rieche ich schon, wenn sie noch gar nicht da ist, bevor sie in der Tasche steckt, noch bevor sie im Banktresor liegt; ich rieche die Scheine, noch ehe die Scheine gedruckt sind. Ich mags. Das mag ich jedenfalls am liebsten auf der Welt.
Wenn du gewollt hättest, Brownie, wenn du gewollt hättest, mein Junge, dann hätten wir mit dem Revolver gearbeitet, und wir wären die Könige. Aber du bist einfach zu blöd. Eine Knarre, Brownie, die verlangt von dir keine Dienste, du musst nicht morgens aus dem Bett, musst nicht pünktlich da sein, musst nicht vor ihr katzbuckeln, nicht »bitte sehr der Herr« sagen und ihr nicht die Stiefel putzen; sie zwingt dich nicht, zu arbeiten oder zu schwitzen

oder zu gehorchen oder dich krumm zu legen; sie zwingt dich zu gar nichts und gibt dir alles, was du willst. Das ist der einzige Chef, den ich mir je gewünscht habe. Wer heute keine Waffe hat, ist ein Sklave, Brownie. Du bist ein Sklave; und außerdem bist du zu blöd, ich will dich nicht mehr sehen. Vergiss nicht, Brownie, vergiss nicht, dich ruhig zu verhalten, bis ich Fak gefunden habe, bis ich weg bin, und denk nicht zuviel nach, Brownie, damit du keinen Blödsinn machst. Vergiss nicht, jetzt bist du dran, Brownie. Ich setze mich ab. Machs gut. *Ab.*

***

> *»Das ist noch nicht der Tod. Er ist nie schmerzhaft.«* London

Die Autobahn. Dämmerung, vor dem Sonnenuntergang. Koch in den Armen Moniques.

KOCH Es tut weh.
MONIQUE Ich weiß.
KOCH Ich will nach Hause.
MONIQUE Ich weiß.
KOCH Wissen Sie nicht mehr, wo der Wagen steht?
MONIQUE Natürlich weiß ich es.
KOCH Ich will nach Hause, Monique, ich habe die Nase voll von dem Humbug.
MONIQUE Ich weiß, ich weiß, ich weiß.
KOCH Es tut weh.
MONIQUE Herrgott! Maurice. Warum setzen Sie mir so zu? Was habe ich Ihnen getan? *Nach einer Pause.* Was habe ich nur verbrochen, dass ich das verdient habe?

Auftritt Claire.

CLAIRE *leise* Hauen sie ab, verschwinden Sie, hauen Sie ab, sofort und ohne einen Ton, ich will nicht, dass man Sie hier noch länger sieht. *Sie reicht den Verteilerkopf.* Nehmen Sie das, beeilen Sie sich, ich verlange nichts dafür. Es ist bald wieder Nacht, das sag ich Ihnen, wenn Sie sich nicht beeilen.

KOCH Was ist das?

MONIQUE *zu Koch* Irgendein Autoteil, nichts von Belang. *Zu Claire.* Und die Handtücher?

KOCH Ich will nach Hause. Tragen Sie mich.

MONIQUE *zu Claire* Und die Hemden für den Verband?

KOCH Es tut weh.

CLAIRE *zu Monique* Sonst noch was, sonst noch was? Sie haben das Auto, hauen Sie ab.

MONIQUE Glauben Sie vielleicht, es macht mir Spaß, Herrgott, in diesem Loch zu stecken?

KOCH Ich will nach Hause, ich will nach Hause.

MONIQUE Ich weiß.

KOCH Haben Sie die Schlüssel verloren?

MONIQUE Die Schlüssel, Herrgott, natürlich nicht. Ich habe sie nicht verloren.

KOCH Also, was ist?

CLAIRE Vielleicht wissen Sie nicht, wie man das montiert; soll ich vielleicht einen Jungen holen, ist es das?

KOCH Was ist das?

MONIQUE Der Verteilerkopf.

KOCH Kommen Sie mir nicht mit Ihren Kinkerlitzchen. Ich will nach Hause.

MONIQUE Sie wollen, bravo, Sie wollen, sehr gut; wir können aber nicht, stellen Sie sich vor, und Sie sind daran schuld. *Zu Claire.* Dummes Ding. Die Reifen. Dummes Ding. Jemand hat die Reifen aufgeschlitzt, alle vier Reifen. Das waren Sie, ich bin mir sicher. Das werde ich mir merken. Es wird hier irgendwann doch wohl ein Polizist vorbeikommen, oder? Ein Polizist auf dem Fahrrad oder ein Berittener? Ab und zu kommt doch wohl ein schöner dicker Polizist vorbei, oder? Aber erst holen Sie mir die verdammten Handtücher, Sie dummes Ding, holen Sie mir das verdammte Hemd, dass ich es in Streifen reißen kann.

CLAIRE Sonst noch was, sonst noch was?

MONIQUE Mach schnell, sag ich dir, mach schnell.

Als Claire abgeht, stößt sie gegen Cécile, die Rodolfe hinter sich herzieht.

MONIQUE *zu Koch* Was hat dieser ganze Bluff Ihnen gebracht, außer uns das alles für nichts und wieder nichts anzutun? Wenn Sie alles gleich sagen würden, ohne zu lügen, anstatt diesen ganzen Bluff aufzuziehen, dann säßen wir hier nicht mit Ihrem kaputten Knöchel in der Patsche. Herrgott, und diese Leute, die uns zuschauen, ich merke es genau, wir wissen nicht mal, was sie von uns wollen. Wo ich in aller Ruhe bei meiner Familie sein könnte, wo sich alle einfach mögen ohne großes Trara; Sie wissen nicht, was eine Familie ist, was Geschwister sind; und ich sitze hier wegen Ihrer Kapriolen.

KOCH Ich friere mich tot. Ich bin nass bis auf die Knochen.

MONIQUE Ich warte, dass sie die Handtücher bringen.

CLAIRE *zu Cécile* Das kommt, weil ich Kaffee getrunken habe, Mama, soviel Kaffee, dass ich nicht mehr weiß, ob es Tag oder Nacht oder sonstwas ist, also hole ich ein Handtuch für den Typ da, er ist klitschnass.

CÉCILE Kein Handtuch, für niemanden. Was hast du mit deinem Schuh gemacht?

CLAIRE Ich habe ihn ausgeliehen, um zu sehen, ob ich schlafe oder nicht.

CÉCILE Ein anständiges Mädchen liegt um diese Zeit daheim in seinem Bett und schläft; verzieh dich.

CLAIRE Ich verziehe mich ins Bett, wenn sie weg sind.

CÉCILE Sie kommen nicht weg, erst werden sie zahlen.

CLAIRE Ich kann aber nicht schlafen, Mama.

CÉCILE Setz dich neben den Wasserhahn und pass auf, wann wieder Wasser läuft.

CLAIRE Ich habe nicht soviel Kaffee getrunken, um ganz allein auf den Wasserhahn aufzupassen, Mama.

CÉCILE Närrin! Glaubst du denn nicht, dass du diesen Schlaf nachholen musst? Durch den ganzen Kaffee, den du heimlich getrunken hast, hast du nicht eine Minute gewonnen, du Idiotin. Wirds bald!

CLAIRE *weinend* Ich will heute Abend nicht allein daheim bleiben.

CÉCILE Verzieh dich. *Claire ab. Zu Rodolfe.* Mira, Rodolfo, mira.[1] *Sie schauen auf Monique und Koch.*

KOCH *zu Monique* Quälen Sie mich nicht; ich habe mir den Fuß gebrochen, ich hole mir eine Lungenentzündung, und Sie reden mir von Geld, außer über Geld können Sie über nichts anderes reden.

MONIQUE Ich war mir sicher, ich habs gewusst.

KOCH Gar nichts wissen Sie. Ich will nicht über Geld reden.

MONIQUE *leise* Was haben Sie damit gemacht, Herrgott! Maurice?

1 Übersetzung aus dem Spanischen: Schau, Rodolfe, schau.

KOCH Ich habe es vergessen.

MONIQUE Was haben Sie vergessen?

KOCH Alles.

MONIQUE Sie wollen sich drücken.

KOCH Ich schwöre Ihnen, ich weiß nichts mehr.

MONIQUE Lügen Sie nicht, lügen Sie nicht.

KOCH Ich habs vergessen, ich schwöre es Ihnen.

MONIQUE Verkaufen Sie mich nicht für dumm. Sieben Millionen gibt man nicht aus für Zigarren.

KOCH Ich kaufe keine Zigarren mehr. Ich habe es vergessen.

MONIQUE Was soll mit Ihnen werden, Herrgott!

KOCH Ich will mich abtrocknen.

MONIQUE Und ich?

KOCH Treten Sie allein vor das Kuratorium: Sagen Sie, ich bin krank. Sagen Sie, ich bin abgehauen. Sagen Sie irgendwas. Schieben Sie mir alles in die Schuhe.

MONIQUE Niemals.

CÉCILE *zu Rodolfe* Schaus dir an, Rodolfe, schaus dir an. Siehst du klar, kapierst du's, oder muss ich's dir erklären?

MONIQUE *zu Koch* Begreifen Sie nicht, Maurice, wie sehr ich alles verstehen, alles verzeihen könnte? Wie sehr ich Sie liebe, Maurice, genug, genug, um Ihnen zu helfen, Herrgott, wenn Sie mich nur nicht belügen.

KOCH Ich will Ihre Hilfe nicht, ich muss mir von Ihnen nichts verzeihen lassen, Sie begreifen überhaupt nichts, und ich lüge nie.

MONIQUE Doch, Sie lügen, Sie lügen, und ich begreife alles. *Sie weint.*

CÉCILE *zu Rodolfe* Komm, Rodolfe, das ist der Augenblick. *Cécile und Rodolfe nähern sich Monique und Koch.*

KOCH *verliert plötzlich die Nerven* Warum, warum nur verfolgen Sie mich mit diesem Geld? Warum lässt man mich nie mit dem Geld in Ruhe? Warum muss immer ich mich um das Geld der andern kümmern?

MONIQUE Da kommt jemand, da kommen ältere Leute, wir sind gerettet.

KOCH Wenn jeder lernen würde, sich um sein Geld zu kümmern, und mich verdammt nochmal in Frieden lässt! Ich tue nichts Böses, ich fange nichts an mit dem Geld; man hätte mir das Geld nicht in die Finger geben dürfen.

MONIQUE *leise* Seien Sie still, Maurice, darüber reden wir später, seien Sie still, es kommt jemand.

KOCH War ich nicht alt genug, dass man mich in Ruhe lässt? War ich nicht in dem Alter, wo man in Rente geht? In dem Alter, wo ein normaler, unbescholtener Mann ruhig mit seinen Ersparnissen seine Tage beschließt und man ihn nicht mit anderer Leute Geld behelligt? Es war übrigens mit Ihre Schuld, dass ich bereit war, mich noch um dieses Geld zu kümmern, und jetzt, ja, jetzt machen Sie es genauso wie die andern, Sie zu allererst werden sagen: wo, bitte, ist dieses Geld abgeblieben? Was haben Sie nur damit gemacht? Für irgendetwas muss es ja ausgegeben worden sein; und Sie werden Geheimnisse suchen, wo keine sind.

MONIQUE Seien Sie still, reißen Sie sich zusammen, wir müssen einen guten Eindruck machen, es sind ganz alte Leute, Maurice.

KOCH Wieviel unbeschwerte Jahre habe ich im Leben gehabt? Wieviele Jahre, in denen man mich mit den Angelegenheiten der anderen in Ruhe gelassen hat? Sechs? Acht? Mit wieviel Jahren kann man zählen?

Ich hätte nie zählen lernen dürfen, verdammt noch mal! Man vertraut mir Geld an nur, um mich in Schwierigkeiten zu bringen, und um die Ecke lauert man mir auf, um Rechenschaft von mir zu fordern. Also: Ich gehe nicht hin, und damit basta.

MONIQUE Maurice, ich bitte Sie, sie hören mit. Sst – sie wollen reden.

CÉCILE *zu Koch* Ich möchte Ihnen unsere Hilfe anbieten, Monsieur.

MONIQUE *zu Koch* Ich habs gewusst.

KOCH Humbug. Ich will keine Hilfe.

MONIQUE *zu Cécile* Danke, danke. Herrgott! Haben Sie Telefon?

CÉCILE *zu Koch* Denn ich habe gleich gesehen, Monsieur, dass Sie eine angesehene Persönlichkeit sind; ich habe ein geübtes Auge, um eine angesehene Persönlichkeit zu erkennen, ganz gleich, in welchem Zustand sie sich befindet; darum habe ich verlangt, dass man saubere Handtücher holt, um Ihnen zu Hilfe zu kommen; und wenn Sie in eine so entlegene Gegend gekommen sind, dann glaube ich nicht an Zufall, sondern an die Hand Gottes, und Gott lässt die Heimatlosen einander sogar im Dunkeln finden, damit sie einander Beistand leisten.

MONIQUE Haben Sie Telefon?

CÉCILE *zu Koch* Ja, ich habe gleich gesehen, Monsieur, dass Sie ein geübtes Auge haben, um Ihresgleichen sogar im Finstern zu erkennen, so wie wir Sie erkannt haben. Wir leben hier wie arme, im Dunkeln vergessene Hunde, dieser vom Krieg halb zerstörte Mann, mein Sohn, der Sie in Ihrem Sturz aufgefangen hat, und eine ganze Familie, in Erwartung eines Visums, das ewig die Sprossen der Bürokratie hinaufklettert, bis es die Spitze erreicht; aber um in einer Großstadt die Spitze zu erreichen, braucht es lange, falls eine hochgestellte Standesperson nicht ihren Einfluss spielen lässt. Darum bin ich glücklich, dass mein Sohn da war, als Sie Hilfe brauchten, und dass Sie uns nach unserem wahren Wert einschätzen können.

MONIQUE Ein Telefon, Herrgott! Sie sehen doch, dass er nicht gehen kann.

CÉCILE *zu Koch* Denn wenn man uns so sieht, hielte der Erstbeste uns für streunende Hunde; wir aber erkennen einander als das, was wir sind, und das ist unser Trost. In der Heimat sind wir nämlich tatsächlich angesehene Persönlichkeiten; und würden wir morgen zurückkehren, dann würden die besten Familien von Lomas Altas uns beim Verlassen des Schiffes die Hand küssen; sie haben uns die Hand geküsst, Monsieur, als wir bei Kriegsende das Schiff bestiegen, mit diesem armen, halb verblödeten Mann, der fast nicht mehr gehen konnte, und der Krieg war verloren und das Geld nichts mehr wert. Da standen wir also am Hafen, denn ich wollte, dass aus meinem Kind ein Mensch erster Garnitur wird, und wo doch drüben das Geld nichts mehr wert war, wozu ist man dann eine angesehene Persönlichkeit, Monsieur? Am Hafen liefen zehn Schiffe aus in zehn unbekannte Richtungen, wir wussten nicht, welches wir nehmen sollten, das Kind zerrte an meiner linken Hand, wir sind ihm einfach nach, und jetzt sitzen wir hier, im Finstern, während drüben die besten Familien in unserer Abwesenheit immer noch den Heldenmut dieses Mannes in Ehren halten, Monsieur, der in einem Krieg, den niemand wahrnimmt, die Hälfte seiner Füße und fast seine ganze Kraft und sozusagen seinen ganzen Kopf eingebüßt hat und heute sein Augenlicht einbüßt. Aber hier hält niemand diesen Krieg, hält niemand diesen Mann in Ehren, und uns bleibt nichts als das Los streunender Hunde, mit einem halben Visum, in der Finsternis.

MONIQUE *zu Koch* Von was für einem Krieg redet sie da? Wir haben doch schon ewig keinen Krieg mehr geführt.

CÉCILE *zu Monique* Eben, einer musste ihn ja führen, Madame.

MONIQUE Das war aber nicht unser Krieg.

CÉCILE *zu Monique* Das Heldentum ist ganz auf Ihrer Seite, Madame. *Zu Koch.* Muss man sich unter Standespersonen nicht die Hände reichen, Monsieur?

KOCH *zu Cécile* Gewiss; aber von Kriegen verstehe ich nichts.

MONIQUE *leise zu Koch* Das Affentheater dieser Frau finde ich widerlich.

KOCH *leise zu Monique* Mir macht das Spaß.

MONIQUE Ihnen macht es Spaß, bravo. Fragen Sie die beiden, wer uns hier helfen wird, fragen Sie.

CÉCILE *zu Monique* Wir. Hier sind nur wir. *Zu Koch.* Zählen Sie auf uns, Monsieur.

MONIQUE *zu Koch* Zählen Sie, zählen Sie. Sie bringen nicht mal Handtücher. Gleich wird es dunkel, Herrgott!

KOCH *unvermittelt zu Cécile* Helfen Sie mir bitte, meine Uhr wieder zu finden. Ich habe sie da in dem Lagerhaus verlegt. Ich hänge an ihr.

MONIQUE Ihre Uhr, Herrgott!

CÉCILE *zu Rodolfe* Rodolfo, adelantaté y asusta al negro.[2]

---

2 Dt.: Geh vor und mach dem Neger Angst, beeil dich.

Rodolfe entfernt sich in Richtung Lagerhaus.

MONIQUE Maurice, Sie werden doch wohl nicht wieder dahin zurückgehen? Wir haben noch unsere Beine, Maurice, jedenfalls meine. Ich werde Sie tragen.

CÉCILE *zu Rodolfe* Apúrate, machorrón, apúrate![3] *Rodolfe verschwindet.*

KOCH *zu Monique, während er aufzustehen versucht* Helfen Sie mir doch.

MONIQUE Niemals.

CÉCILE *zu Koch* Stützen Sie sich auf mich. Ich werde Sie führen. *Koch und Cécile entfernen sich.*

MONIQUE Ich gehe allein, allein; mir reichts mit Ihnen, mit Ihren Dummheiten.

Sie dreht sich um; hinter ihr steht Fak.

MONIQUE Herrgott!

***

Die Tür des Lagerhauses, außen. Der Himmel rötet sich, ein starker Wind kommt auf.
Rodolfe wird auf seinem Weg von Böen geschüttelt.
Ein plötzlicher Windstoß drückt ihn gegen Charles, der sich an der Tür versteckt hat.

CHARLES *packt ihn am Arm* Du spionierst mir nach.

RODOLFE Lass mich los, lass mich los.

CHARLES Was willst du mir seit heute morgen sagen? Jedesmal, wenn ich mich umdrehe, ertappe ich dich hinter mir wie du in einer Ecke lauerst, und jedes

3 Dt.: Beeil dich, machorrón, beeil dich!

mal, wenn ich weiter gehe, stolpere ich über dich in einer Ecke lauernd. Rede, jetzt hast du mich vor dir.

RODOLFE Nicht ich will mit dir reden, sondern deine Mutter.

CHARLES Warum spionierst du mir dann nach? Warum versteckst du dich vor mir?

RODOLFE Ich spioniere dir nicht nach, ich verstecke mich in den Ecken; ich verstecke mich nicht vor dir, ich verstecke mich ganz einfach, weil ich alt und unnütz und hässlich und ein miserabler Vater bin, glücklicherweise gibt es Ecken, wo sich miserable Väter noch verstecken können. Lass mich los.

CHARLES Ich rühre dich nicht an, alter Trottel; du rammst mir deine Fingernägel in den Arm.

RODOLFE Nein, das bist du, das bist du, und du erhebst die Hand gegen mich; erheb nicht die Hand gegen deinen Vater.

CHARLES Ich erhebe nicht die Hand gegen dich, alter Trottel, du bibberst von Kopf bis Fuß.

RODOLFE Lass mich weg.

CHARLES Wo willst du denn hin?

RODOLFE Lass mich; da kommt deine Mutter; rede mit deiner Mutter, lass mich.

CHARLES Wo musst du hin? Was hast du noch zu tun? Wer bist du, alter Trottel, dass du dich noch in die Dinge des Lebens einmischst?

RODOLFE Nichts, ich habe nichts zu tun; ich hänge herum; man muss doch wohl irgendwohin, wenn man losgeht, oder? Und deine Mutter hat mir gesagt, ich soll losgehen und mich beeilen. Ich beeile mich, das ist alles. Aber ich schwöre, ich mische mich nicht ein in die Dinge des Lebens, ich mische mich nicht ein in irgendein Ding, ich mische mich in überhaupt gar nichts ein. Schlag mich nicht, schlag nicht deinen Vater.

CHARLES Ich rühre dich nicht an.

RODOLFE Lass mich los.

CHARLES Ich rühre dich nicht an, alter Trottel. Der Wind bringt dich aus dem Gleichgewicht, und die erste Winterkälte lässt dich von Kopf bis Fuß zittern.

RODOLFE Da kommt deine Mutter, da kommt deine Mutter, deine liebe Mutter, die mit dir sprechen will. *Er verschwindet im Lagerhaus.*

***

Das Innere des Lagerhauses im roten Licht der untergehenden Sonne. In der Ferne der Lärm des Flusses. Rodolfe bleibt in der Mitte stehen.

RODOLFE Ich bin zu alt, zu kaputt, es fällt mir zu schwer, mich fortzubewegen, rühr du dich. Wenn du noch ein bisschen Respekt vor dem Alter hast, dann komm näher ran, damit ich dich sehen kann; wenn du keinen Respekt mehr vor dem Alter hast, komm trotzdem, in deinem Interesse; und wenn du an nichts mehr Interesse hast, dann komm einfach, weil ich es dir sage. *Abad geht auf Rodolfe zu.*
Meine Augen sind vielleicht zu ruiniert, als dass ich deine Fresse sehen kann, aber ich brauche sie nicht zu sehen, Negro, um gleich zu wissen, du bist nicht sauber; du machst zu wenig Lärm, wenn du gehst, als dass du sauber wärst, und stell dir vor, Typen, die nicht sauber sind, die mögen wir hier nicht; die kriegen in die Fresse. Der Dicke da draußen geht wieder rüber auf die andere Seite, er wird ihnen sa-

gen: ich habe Leute gehört, die hört man nicht beim Gehen, da drüben, auf der anderen Seite; und du kriegst eins in die Fresse. Und wenn nicht er dich anzeigt, dann macht es dieser tollwütige Hund, der seine Haut retten will; und wenn nicht der, dann diese Hündin, die mir als Weib herhält; und wenn nicht die, dann zeige ich dich an, Negro, so alt und so demoliert, wie ich bin, weil wir zu viele sind auf der Welt für zu wenig Platz. Jedenfalls kriegst du das alles ganz allein in deine verdammte Fresse, und das wird dich hart treffen, denn du hast überhaupt kein Polster gegen den Schlag, Negro, keine Vergangenheit, keine Familie, keinen Krieg, noch kein Alter, hast nirgendwo einen Rückhalt, also hast du besser auch keinen Respekt vor dem Alter, oder du gehörst wirklich in die Mülltonne. Aber erstmal komm und hilf mir, Negro.

Er kramt unter seinen Kleidern. Die Hunde glauben, ich bin so demoliert vom Krieg, dass ich kaum gehen kann; sie glauben, im Krieg ist mir alles eingefroren, die Füße, die Beine und das Hirn; aber wenn mir das Gehen so schwerfällt, dann hat das nichts mit dem Krieg zu tun; das kommt von diesem Ding, das fünf Kilo wiegt und fünfundsechzig Zentimeter lang ist und das ich seit der Niederlage Tag und Nacht mit mir herumtrage. Hilf mir jetzt, es loszuwerden, ich habs satt, alt zu sein. *Er holt die Maschinenpistole unter seinen Kleidern hervor.*

Es ist eine Kalaschnikow, ein sowjetisches Fabrikat; es ist nicht wirklich modern, aber ich schwöre dir, das knallt dir ein Loch in den Kopf. Ich sehe nicht ein, warum man modernes Gerät benutzen soll, wenn man doch nur ein ordentliches Loch in die Köpfe knallen will, und das Ding schafft sechshun-

dertfünfzig Schuss in der Minute bis dreihundert Meter, das macht pro Minute sechshundertfünfzig durchlöcherte Köpfe, wenn man sich geschickt anstellt, das ist schon nicht so schlecht. Es ist mir nicht schwer gefallen, es auf die Seite zu schaffen und es zu verstecken, nach einer Niederlage sind die Offiziere immer leichter reinzulegen als nach einem Sieg, aber jetzt hab ich es satt, es ist zu schwer. *Er setzt sich hin, legt sich die MP auf die Knie.*
Jetzt sehe ich dich ein kleines bisschen besser; aber ich muss gar nicht mehr sehen, Negro, um jetzt sicher zu sein, dass du nicht sauber bist; man muss nur deine Beine sehen; man merkt gleich, diese Beine haben zuviel Übung im Laufen; hier mögen sie das nicht, wenn Leute zu schnell laufen. Komm näher. *Abad nähert sich.* Hast du in deinem Leben schon ein Kind gemacht? *Abad schüttelt den Kopf.* Nicht eines? Nicht mal ein kleines? Nicht einmal eins, von dem du nichts weißt, ein kleines Ding, das irgendwo rumhängt? *Abad schüttelt den Kopf.* Hast du dann wenigstens eine Tochter gemacht, wenigstens? *Abad schüttelt den Kopf.* Nicht mal das? *Rodolfe spuckt auf den Boden.* Komm näher. Ich muss dir erklären, wie es funktioniert. *Er demonstriert es an der Waffe.* Sorum lässt du das Magazin einrasten, nicht andersrum, sonst kanns sein, es fliegt dir um die Ohren; hier stellst du die Schussfrequenz ein; in der Position bist du auf Salve, in der Position bist du auf Einzelschuss; das hängt davon ab, in wieviel Köpfe du ein Loch reinknallen musst, und von der Zielgenauigkeit; im Prinzip genügt ein Schuss. *Er hält die Waffe hin.* Ein Mann, der keinen Sohn gemacht hat, nicht mal einen einzigen, der stirbt wie ein Hund, von ihm bleibt nichts, nirgends, es ist, als

hätte es ihn nicht gegeben. Selbst wenn der Sohn ein Schwein ist, das macht nichts. Dein Leben ist nicht so viel wert wie das Leben eines Huhns, Negro, du hast es nicht verdient; es ist, als hätte es dich nie gegeben.
Abad nimmt die Waffe. Jetzt sehe ich deine Visage ganz. Deinen Tod hast du wenigstens verdient, das ist sicher. Komm noch näher. *Abad beugt sich vor.* Aber wenn du nur einen Menschen umgebracht hast, dann hast du nur Gleichstand mit deinem Scheißtod, dein Tod hinterlässt keine Spur, nichts, als ob du nicht mal gestorben wärst; um eine hinzukriegen, musst du zwei umgebracht haben; wenn du zwei Menschen umgebracht hast, dann hinterlässt du unweigerlich eine Spur von dir, etwas, was mehr ist, egal, was passiert; man kann dich nie zweimal umbringen.
Er steht auf, geht Richtung Ausgang, kommt zurück. Eins sag ich dir, wenn du das nicht benützt, um den Dicken umzubringen, Negro, dann gehe ich selber zu Fuß auf die andere Seite, denn ich gehe jetzt so gut wie ein Junger, und sage denen da drüben: auf der anderen Seite habe ich einen gesehen, der hat eine Kalaschnikow bei sich, so wie ich euch sehe; und das werden die nicht mögen; ich werde ihnen sagen: geht zu mehreren hin, umstellt das Viertel, denn er kann schnell laufen, und seine Schritte machen auf dem Boden keinen Lärm. Und du kriegst eins in die Fresse.
Knall dem Dicken ein Loch in den Kopf, mein Sohn, aber so, dass er merkt, was ihm blüht; ein Schuss hierhin, ein Schuss dahin, nimm dir Zeit, lass ihn zappeln; mach es für mich, mein Sohn, ich bitte dich drum, weil ich selber es nicht kann. *Er weint.*

Meine Hand ist kaputt, mein Hirn ist ruiniert, die verdammte Hand, sie zittert, schau dir das an, mein Sohn, schaus dir an; ich würde es nie schaffen, ich würde ihn bestimmt nicht erwischen, und sein dicker gottverdammter Kopf bekäme kein Loch. Du kannst es, mein Sohn. Hab Mitleid mit mir, hab Mitleid mit einem alten Mann, der sich alles abgefroren hat, mit einem einsamen alten Mann; lass ihn nicht davonkommen, bring ihn um. *Er weint weiter.*

Dunkelheit breitet sich aus, in der Abad verschwindet. Rodolfe entfernt sich Richtung Ausgang. Beim Hinausgehen trifft er auf Charles, der innen, an der Tür zur Autobahn, auf der Lauer liegt.

***

Es herrscht völlige Dunkelheit.
Der durch dieTür hereinfahrende Wind lässt Rodolfes und Charles' Kleider und Haare wehen.

RODOLFE *schaut zur Tür hinaus, mit einem Lächeln* Schau, Kleiner, schau. *Er packt Charles am Arm.* Schau sie dir an, wie sie ihre Beine zeigt, deine Mutter; mitten in der Nacht, in der Kälte, wie sie ihre Beine entblößt: nicht eine Vene, nicht eine Krampfader, nicht ein Frösteln, nicht die kleinste Gänsehaut; sie stützt diesen massigen, schlaffen, schwankenden Haufen, ohne zu zittern. Schau, Kleiner, schau, wie schön ihre Beine sind; trotz der Kälte der Nacht, schau ihr auf die Beine, dieser Wilden, wie sie ihn stützt, diesen nassen und dreckigen, kahlen, rosa Haufen, schau sie dir an. Wie hätte ich dir mit so einer Mutter ein guter Vater sein sollen? Schau, die schöne, starke Wilde, wie sie daherkommt.

Auftritt Cécile; sie stützt Koch.

CÉCILE *stürzt auf Charles zu* Er ist es, du bist es, Charles, mein Charlie! *Sie küsst ihn auf die Wange.*

***

> *»Gegen halb acht schlug die uns umgebende pechschwarze Dunkelheit um ins Aschgrau, und wir begriffen, dass die Sonne aufgegangen war.«*
> Conrad

In der Lagerhalle, die, bis auf die Strahlen des Mondlichts, das durch die Löcher im Dach hereinscheint, im Dunkeln liegt.

KOCH *zu Cécile* Was erzählen Sie da? Er hat mich nicht aus dem Wasser gezogen.

CÉCILE Doch, er wars, natürlich war er es.

KOCH Er ist nicht mal nass.

CÉCILE Er ist wieder trocken, ganz einfach. *Zu Charles.* Mach den Mund auf, du Drohne, sag ihm, dass deine Schwester dir Handtücher gebracht hat; beweg dich, du Nichtsnutz; wieso bist du nicht mal nass?

KOCH Ich will meine Uhr.

CÉCILE *zu Charles* Such die Uhr von Monsieur, finde die Uhr. Sei Monsieur beim Gehen behilflich, du siehst doch, dass er sich den Fuß gebrochen hat. Beweg dich, du Nichtsnutz. *Leise.* Versuch, sie nicht zu finden, Drohne. *Zu Rodolfe.* Que hiciste del negro, machorrón? Lo siento por los parajes.[4]

KOCH Da irgendwo hatte ich sie hingelegt.

CÉCILE Ich sage Ihnen, er ist wieder trocken; daran ist nichts Ungewöhnliches. Er stößt das Wasser ab, das ist alles; er ist ein Nichtsnutz. Aber ich habe trotzdem alles von meinem Fenster aus gesehen. *Leise.* Das Schwein will nicht bezahlen; aber bezahlen wird er trotzdem! *Zu Rodolfe.* ¿Y el negro, machorrón?[5]

Koch, von Charles gestützt, stößt gegen Fak, der Monique an der Hand führt.

MONIQUE *zu Koch* Dieser Herr war bereit, mich zu führen. Endlich habe ich hier jemand Gutherzigen gefunden; dieser Herr ist unglaublich gutherzig. Kommen Sie, ich helfe Ihnen, ich sehe genau, wo es langgeht. *Sie nimmt Koch aus Charles' Armen.* Hier haben Sie sie hingelegt? Herrgott, was für ein Verhau!

CHARLES *leise zu Rodolfe* Was hat er dir gesagt, was hat er dir gesagt?

RODOLFE *zu Cécile* Cécile, sag ihm, er soll mich verdammt nochmal in Ruhe lassen.

CHARLES *zu Rodolfe* Nur ich verstehe ihn, nur ich habe das Recht, mit ihm zu sprechen, ich verbiete euch, mit ihm zu sprechen, ich verbiete euch, ihn anzulangen, gottverdammte Scheiße! *Noch leiser.* Auf mich hat er es abgesehen, du alter Trottel, auf

---

4 Dt.: Was hast du mit dem Neger gemacht, machorrón? Ich rieche ihn in der Nähe.

5 Dt.: Und der Neger, machorrón?

mich. Wo ist er jetzt? Sag mir, wo er ist, du alter Narr, damit ich mit ihm rede, bevor er durchdreht.

RODOLFE *zu Cécile* Sag ihm, Cécile, sag ihm me deje en paz.[6] *Er weint.*

CÉCILE *zu Charles* Fluch nicht; hilf dem Dicken, siehst du denn nicht, dass die andern sich um ihn kümmern, während du Däumchen drehst?

CHARLES *zu Cécile* Warum lässt du zu, dass dieser alte Trottel sich in meine Geschäfte einmischt?

CÉCILE Halt den Mund. Sprich nicht so über deinen Vater. Wo ist deine Schwester? Lass uns in Ruhe. Wo ist meine kleine Claire? *Sie weint.*

KOCH *zu Monique* Sie haben doch hoffentlich nicht die Autoschlüssel verloren?

MONIQUE Das Auto? Sie sind lustig. Wir müssen zu Fuß heim, und das in diesem Zustand, Herrgott! Wir stehen sauber da.

KOCH Aber wo sind die Schlüssel, frage ich Sie, die Schlüssel?

MONIQUE Ich habe sie, ich habe sie, was geht Sie das an?

KOCH Was mich das angeht? Soweit ich weiß, ist es mein Auto. Und außerdem können wir sie einsetzen zum Tausch.

MONIQUE Ihr Auto, sieh an, bravo. Ihr Auto, Herrgott!

RODOLFE *zu Cécile* No llores, cabecita negra, o voy a acabar llorando contigo.[7]

CÉCILE *zu Rodolfe* Ven, acercate. *Sie setzen sich nebeneinander.* No me abandones, machorrón.[8]

---

6 Dt.: er soll mich in Ruhe lassen.

7 Dt.: Nicht weinen, Schwarzköpfchen, sonst weine ich noch mit.

8 Dt.: Komm, komm näher. Lass mich nicht im Stich, machorrón.

MONIQUE *zu Koch* Ihr Auto, Ihre Uhr, Ihre Kapriolen, Ihre Dummheiten, und meine Beine, um Sie in die Stadt zurückzubringen.

KOCH *zu Charles* Helfen doch Sie mir; Sie müssen sich dran erinnern, wo ich sie hingelegt hatte. *Koch löst sich von Monique und stützt sich auf Charles.*

CÉCILE *zu Rodolfe* Du, Rodolfe, der mir alles beigebracht hat, der mich aus der Gosse herausgezogen hat, in der ich lag, um mich emporzuheben in die Scheiße von Lomas Altas, und der mich aus der Scheiße von Lomas Altas herausgezogen hat, um mich, alt, krank, ohne Kraft und ohne Plan, in diese Scheiße hineinzuziehen, warum hat das Unglück, wenn man schon so alt ist, noch die Erlaubnis, auf uns rumzutrampeln und auf uns rumzutanzen und uns mit dem Kopf in eine immer neue Scheiße hineinzustoßen, als hätte es nicht genug Zeit dazu gehabt, als wir noch bei Kräften waren?

RODOLFE Hör auf, dich zu beklagen, bedeck dir die Beine, du Nutte. *Er zieht an Céciles Rock.*

CÉCILE Ich beklage mich nicht, ich ruhe mich aus. Wo ist meine Tochter?

MONIQUE *zu Fak* Sagen Sie mir hier, was Sie mir zu sagen hatten.

FAK Nicht hier, hier sind zu viele Leute; dort oben, hab ich gesagt, werde ich es dir sagen.

MONIQUE Wenn ich die Uhr gefunden habe, komme ich da hoch.

FAK Wenn wir sie gefunden haben, dann?

MONIQUE Wenn ich sie gefunden habe, ja; aber er kriegt wieder seinen Rappel, wenn ich sie nicht finde.

FAK Gut, hier ist sie. *Er reicht ihr die Uhr.* Du hast sie gefunden.

MONIQUE Geben Sie sie mir, sagen Sie nichts, ich möchte ihn überraschen.

FAK Wenn du mit mir da hochgegangen bist, geb ich sie dir.

MONIQUE Geben Sie sie mir zuerst, und dann sehen wir weiter.

FAK Erst musst du mit mir da hoch, denn ich habe dich hierher gebracht.

MONIQUE Ich gebe Ihnen Geld, Sie drehen eine Runde in dem Jaguar, ich gebe Ihnen sonstwas, seien Sie nicht widerlich, Herrgott!

KOCH *zu Charles* Humbug. Ihre Naivität, Ihr Geschmack, das ist alles Humbug. Wenn ich Zeit hätte, hätte ich Sie auf einen Börsenlehrgang geschickt, das hätte Ihnen Ihre Lust auf diesen Humbug verdorben. Sie würden aufhören, etwas zu lieben, was es nicht gibt. Geld gibt es nicht, mein armer Freund, begreifen Sie wenigstens das; Geld steckt man nicht in die Tasche, Geld, das, was Sie darunter verstehen, das ist Humbug. Es gibt das Geschäft, das ist alles, aber vom Geschäft haben Sie keine Ahnung. Sehen Sie, Sie wollte ich nicht einmal als Chauffeur, ich glaube, Sie würden mir an die Brieftasche gehen. Das Geld, wie Sie es lieben, das sind die Reste, die man den Hunden im Hinterhof hinwirft. Ihre Geldgeilheit widert mich an, Sie sind wirklich zu blöd, mein armer Freund. Machen Sie Ihren Affenjob, ja, das passt sehr gut; lesen Sie die Kinkerlitzchen auf, die ich da drüben verstreut habe; amüsieren Sie sich damit. Ich fahre lieber nach Hause. Lassen Sie mich. *Er löst sich von Charles und wankt.* Monique.

CÉCILE *von weitem zu Monique* Was machen Sie mit dem Schuh meiner Tochter?

MONIQUE Ihre Tochter? Was für ein Schuh? Herrgott! *Zu Fak.* Was für ein Hanswurst wälzt sich da im Müll?
CÉCILE *stürzt sich auf Monique* Diebin, Schnepfe!

Sie reißt Monique den Schuh aus den Händen und entfernt sich. Fak hat sich Claire genähert, die unauffällig hereingekommen ist.

MONIQUE Raufbolde, Penner, Gestörte, Proleten, menschlicher Abschaum; ich habe von diesen ungewaschenen Irren so die Nase voll, lieber lebe ich mit Ratten und Hunden, Herrgott, all diese Leute widern mich an. In Zukunft lebe ich zwischen vier Betontüren, ich lasse mich verbarrikadieren, sobald ich nach Hause komme, ich lasse mir das Essen durch einen Tunnel schieben, damit ich den Geruch dieses Menschenpacks nicht mehr riechen muss; ich will mich von Kopf bis Fuß in Beton eingießen lassen, mit nur noch einem Loch für Mund und Nase, Maurice, ich will nach Hause. *Monique und Maurice fallen einander in die Arme.*
CLAIRE *zu Fak* Ich habe dir schon tausendmal gesagt, dass ich nicht mal rauche.
FAK Damit kannst du sehen, was auf dem Boden liegt.

Claire nimmt das Feuerzeug, das Fak ihr hinhält.

CLAIRE Was heißt das, was da draufsteht?
CÉCILE *stürzt auf Claire zu* Was machst du da?
CLAIRE Ich suche nach der Uhr.
CÉCILE Verzieh dich auf der Stelle.
CLAIRE Ich sehe nicht ein, warum ich nicht nach der Uhr suchen sollte, wo doch alle sie suchen.

CÉCILE Du hast hier nichts zu suchen, geh auf der Stelle nach Hause, schlaf, leg dich hin, vermeng dich mit deinem Strohsack, verschwinde in der Matratze.

CLAIRE Ich kann nicht, das ist der Kaffee, ich will aufbleiben.

CÉCILE Nichts da. Und zieh dir den Schuh an, du Idiotin.

CLAIRE Nein, auf keinen Fall will ich den Schuh anziehen; ich will es wissen.

CÉCILE Du hast nichts zu wissen, du Idiotin, wer hat gesagt, du sollst irgendwas wissen? Zieh dir den Schuh an.

CLAIRE Ich will nicht, nein, ich will nicht.

CÉCILE Und ob du ihn anziehst. *Sie zwingt sie in den Schuh.* Und jetzt verzieh dich.

CLAIRE Ich will mich nicht verziehen.

CÉCILE Du wirst dich verziehen, du Idiotin.

CLAIRE Ich komme wieder.

CÉCILE Das versuch mal.

Claire ab.

CÉCILE *zu Fak* Und du, hör auf, um diese kleine Nutte rumzuscharwenzeln.

KOCH *zu Monique* Ich bin ausgerutscht, ich frage mich, auf was für einer Sauerei. Sehen Sie was?

MONIQUE Nein, ich sehe nichts.

KOCH Hören Sie?

MONIQUE Nein.

KOCH Hören Sie nicht den Lärm da draußen?

MONIQUE Das sind die Hunde in den Mülltonnen.

KOCH Schauen Sie, Monique, schauen Sie mal, mein Fuß.

MONIQUE Er ist geschwollen. *Sie fängt an zu schluchzen.* Alle sind grob zu mir, alle diese Leute, die ich nicht kenne.

KOCH Hängen Sie sich bei mir ein, Monique. Wir probieren, unauffällig hier rauszukommen.

MONIQUE Ich sage, wir haben das Geld investiert, ich lege Anlagepläne vor. In zwei Stunden, Maurice, habe ich sie zusammen. Das verschafft uns eine Atempause. Ich kann es so hinbiegen, dass das Kuratorium es mir abnimmt; Sie wissen, ich kann alles so hinbiegen, dass jeder es mir abnimmt.

KOCH Ja, ich weiß.

MONIQUE Nur werden Sie mir sagen müssen, wo dieses Geld abgeblieben ist. Nicht jetzt, nicht gleich, aber irgendwann muss es sein, Maurice.

KOCH Ja, ich werde es Ihnen wohl sagen müssen, ich weiß. *Er fängt plötzlich an zu weinen.*

MONIQUE Kommen Sie, Maurice, unauffällig; wir sind unbeobachtet.

KOCH Ich habe Schmerzen, ich kann nicht gehen.

MONIQUE Bald haben wirs, wir sind an der Tür. Hängen Sie sich an mich dran.

CÉCILE *in Richtung Tür* Ich höre dich noch rumtippeln, kleine Nutte, verziehst du dich wohl auf deine Matratze, oder muss ich erst kommen?

RODOLFE *ruft* ¡Se largan, se largan![9]

CÉCILE *zu Charles* Carlos, halt ihn fest!

MONIQUE Herrgott!

Abad erscheint mit der Maschinenpistole.

KOCH *deutet auf Abad* Er ist es, schauen Sie, Monique; er ist klitschnass, wie ich.

---

9 Dt.: Sie hauen ab, sie hauen ab!

CÉCILE *zu Koch* Kommen Sie dem nicht nahe, er beißt.

RODOLFE *zu Cécile* Cállate, cabecita negra, cállate.[10]

CÉCILE *zu Koch* Kommen Sie ihm nicht nahe, Monsieur, er ist nicht von unserer Rasse, Monsieur, er ist von keiner Rasse, die für Dank ein Ohr hat.

KOCH Dank? Danken wofür? Ich habe nicht die Absicht, mich zu bedanken, stellen Sie sich vor, sondern auf den Tisch zu hauen.

MONIQUE Bluffen Sie nicht, Maurice, Herrgott! *Zu Abad.* Da, hier sind die Schlüssel, nehmen Sie die Schlüssel.

KOCH Nein, geben Sie mir die Schlüssel.

MONIQUE Niemals.

CÉCILE *stellt sich vor Koch* Er wird Sie nicht anrühren. *Sie hängt sich an Koch.* Bleiben wir zusammen, Monsieur; die Gefahr ist zu groß, halten wir uns an der Hand. Gott, Monsieur, Gott selbst hat Sie an der Hand hierher geführt, dass wir uns verbünden gegen die Hunde und die Wilden, lassen Sie uns nicht untergehen unter den Wilden, lassen Sie uns nicht eins werden mit den Hunden, unter denen wir leben; reichen Sie mir Ihre Hand. *Sie deutet auf Charles.* Betrachten Sie die Füße dieses Kindes. An einem Gründonnerstag hat der Papst sie geküsst, sie gewaschen und geküsst, unter zehn auserkorenen Kinderfüßen von Lomas Altas. Gott kann nicht erst auserwählen und dann vergessen. Wir werden Sie beschützen, wir werden Sie speisen, wir werden Ihren Fuß verbinden, wir werden Sie bedienen wie Sklaven. Aber wenn der Papst diesem Kind die Füße geküsst hat, dann können Sie seiner

10 Dt.: Schnauze, Schwarzköpfchen, Schnauze.

Mutter ruhig die Hand küssen. *Sie reicht ihm die Hand.*

KOCH *zu Cécile* Seien Sie still.

MONIQUE Herrgott! Er wird uns alle umbringen.

CÉCILE Nein, ihn nicht, ihn nicht; er hat mir noch nicht die Hand geküsst.

Abad geht zu Charles und reicht ihm die Maschinenpistole. Charles nimmt sie einen Augenblick, spielt mit dem Hebel für die Schussfrequenz.

KOCH *löst sich von den beiden Frauen* Humbug.

Charles lacht, lässt die Waffe los, sie fällt zu Boden. Eine nahe Schiffssirene vom Fluss. Seelenruhig, die Hände in den Taschen und ganz gemächlich geht Charles ab.

KOCH *nachdem er die MP aufgehoben hat, zu Abad, während er sich auf ihn stützt* Nicht vor denen, nicht vor den Leuten. *Sie gehen Richtung Mole.*

MONIQUE *sieht Koch verschwinden* Ich hole die Polizei.

CÉCILE Die Polizei, genau, hier hilft nur noch die Polizei.

MONIQUE Haben Sie Telefon?

CÉCILE Nein. Aber zu Fuß... *Sie stützt sich leicht auf Monique.*

MONIQUE Was ist das für ein Lärm?

CÉCILE Das sind die Hunde. Den ganzen Tag betteln sie, sie lecken dem Menschen die Schuhe ab, sie winseln zu seinen Füßen, und nachts rächen sie sich für einen Tag der Kriecherei und der Verachtung, indem sie hier die Stille aus den Straßen jagen.

MONIQUE Maurice, seine Uhr.

Fak ist abgegangen.

CÉCILE Sollen sie doch krepieren. *Sie fällt.*

Rodolfe lacht und geht ab.

MONIQUE Maurice! Herrgott!
CLAIRE *erscheint an der Tür; leise* Kommen Sie, es wird wieder Tag, kommen Sie, Sie können weg.

Sie tragen Céciles Körper nach draußen. Sachte beginnt es in der Lagerhalle zu tagen.

***

Auf der Mole. Ein sehr starker Wind, ein Hagelregen umfegt Koch und Abad, die sich festhalten, wo sie können. Die Maschinenpistole geht von Hand zu Hand. Koch übertönt das Getöse.

KOCH Machen Sie schnell, machen Sie schnell, Sie, wirken, als würden Sie eine Zeit brauchen, bis Sie kapieren, warum Sie etwas tun. Sie haben jedenfalls nichts zu verlieren, wenn Sie mich machen lassen. Ich klammere mich nicht an Sie, sondern an diese Waffe. Wie funktioniert das Ding? Ich weiß nicht, ob ich es allein zum Funktionieren bringen könnte. Natürlich könnte ich es, wenn ich wollte. Zeigen Sie mir, wie und wo man draufdrücken muss, auf welchen Knopf. Keine Panik, ich suche, ich drücke nicht drauf. Halten Sie's, wenn sie Angst haben.

Machen Sie schnell, legen Sie ein bisschen zu, mehr Schwung. Dieser Wind tut mir weh. Glauben Sie mir, wenn ich heim komme mit dieser Frau, dann gehen wir sofort zur Polizei, Bonzen, die wir sind; das will sie bestimmt, sie wird sich an Ihnen rächen wollen, sie wollte schon immer was Besseres sein, sie ist ein Dreckstück, ich hasse sie. Sie wird Ihnen alles in die Schuhe schieben, und ich werde ihr Spiel mitspielen. Darum liegt es in Ihrem Interesse, mich gewähren zu lassen, sie mir vom Hals zu schaffen, sich mich vom Hals zu schaffen, und dann, das schwöre ich Ihnen, hat sie keinen Grund mehr, Ihnen auch nur das Geringste anzutun.
Halten Sie dieses Teil, es ist zu schwer, ich kann mit dem Ding nicht umgehen, Sie haben nichts zu verlieren, wenn Sie es selber machen. Ich habe Ihnen wehgetan, ohne es zu wollen, habe ich Ihnen wehgetan; weil, weil ich ein Bonze bin, ganz einfach, und Sie nicht; die Begegnung führt zu keinem Freudenfest. Machen Sie es selbst, Sie können sich rächen, und ich habe alles vom Hals.
Welche Wege nimmt Ihr Denken, dass es soviel Zeit braucht? Wie weit ist es jetzt? Auf der Höhe des Gürtels? Der Brust? Beeilen Sie sich.
Sie ist ein Dreckstück, und ich hasse sie. Sie hassen mich auch. Jeder müsste auf seiner Seite leben, mit dem Blick auf das Innere des eigenen Territoriums. Man müsste Begegnungen verbieten. Man müsste die Neugier in den Köpfen der Leute ausrotten. Man müsste sich wirklich hassen, nicht wie ein normaler Mann eine Frau hasst, indem er manierlich neben ihr herlebt, nicht wie ein Prolet einen Bonzen hasst, sondern mit dem Hass der Haut auf das Vitriol.

Verschwenden wir bitte nicht unsere Zeit damit, uns anzuschauen. Ich friere, der Fuß tut mir weh, alles tut mir weh, ich kann nicht mehr. *Er reicht Abad den Kolben der MP.* Sie sehen doch, dass ich krank bin. Helfen Sie mir.

Abad legt die Hand auf die Maschinenpistole. Ende der Morgendämmerung, Vögel fliegen auf, der Wind legt sich.

***

In der Lagerhalle im Morgenrot. Fak zieht Claire.

CLAIRE So dunkel ist es aber gar nicht, ich hatte gesagt, ich gehe rein, wenn es stockdunkel ist.
FAK Es ist stockdunkel, dunkler kanns nicht werden.
CLAIRE So dunkel ist es nicht, weil ich dich sehe.
FAK Du siehst mich, weil du an die Dunkelheit gewöhnt bist.
CLAIRE Beeil dich, Mama ist krank, ich muss mich um sie kümmern.
FAK Ich beeile mich, du beeilst dich nicht, ich muss dich ziehen.
CLAIRE Weil ich nicht weiß, wie es geht, und weil ich ein bisschen Angst habe, weil es nicht stockdunkel ist.
FAK Mach die Augen zu, ich führe dich, du musst nur hinter mir her, ich weiß den Weg auswendig.

Sie gehen durch die Lagerhalle, Claire stolpert.

CLAIRE Warum schaust du mich nicht mal an, wo ich hintrete?

FAK Weil du selber hinschauen musst, wo du hintrittst, und weil ich anderswo hinschauen muss.
CLAIRE Warum musst du anderswo hinschauen, wenn du bei mir bist?
FAK Weil man, wenn man eine Sache macht, schon an die nächste denken muss, die man machen wird, sonst geht alles zu schnell.
CLAIRE Du hattest mir gesagt, es würde mir soviel Spaß machen, mit dir hier rein zu gehen.
FAK Ja.
CLAIRE Soviel, hattest du mir gesagt, dass ich mit dir immer würde reingehen wollen.
FAK Ja.
CLAIRE Ich merke aber jetzt keinen Spaß.
FAK Du hast ihn schon gehabt.
CLAIRE Wann?
FAK Vorher.
CLAIRE Wann, ganz genau?
FAK Als ich von dir verlangt habe, dass du mit mir da reingehst.
CLAIRE Ist das alles?
FAK Ja.
CLAIRE Was mache ich jetzt?
FAK Nichts.
CLAIRE Wie lange mache ich nichts?
FAK Nicht sehr lange.
CLAIRE Ich habe Angst.
FAK Das geht vorbei.
CLAIRE Ich habe trotzdem Angst.
FAK Das ist normal.

Eine Salve auf der Mole; Fak fickt Claire; Moniques Schrei auf der Autobahn; Fak lässt Claire los.

FAK Das wars. Ich muss weiter.

CLAIRE Jetzt, wo du mich hier mitten rein gebracht hast, kannst du mich nicht mitten drin allein lassen.

FAK Ich habe noch was anderes zu tun.

CLAIRE Was wird dann aus mir, hier mitten drin?

FAK Keine Ahnung, das musst du selber wissen, nichts Besonderes.

CLAIRE *klammert sich an Fak* Lass mich jetzt nicht allein.

FAK Schrei nicht. *Er schlägt sie und geht.*

Claire sieht Fak durch die Tür zur Mole verschwinden.

***

An der Lagerhalle in der prallen Sonne. Charles geht zu Rodolfe.

CHARLES Ich komme, um dir Lebewohl zu sagen. Ich muss schnell weg, bevor es zu spät ist. Aber ich könnte nicht weg, ohne dir Lebewohl gesagt zu haben.

RODOLFE Halts Maul. Ich bin schon halb taub, und du plärrst mir die Ohren voll. Ich habe schon gehört, was ich gern hören wollte.

CHARLES Für alle bist du halb taub und halb blind, aber mich, glaube ich, hörst und siehst du, denn vor mir braucht man keine Tricks. Du weißt, ich bin genau so taub, genau so blind wie du für alles hier um uns herum, deswegen will ich weg, solange ich es noch kann. Aber nur dir allein musste ich Lebewohl sagen, du bist der einzige, der mein Lebewohl gehört hat, und wenn ich das weiß, bin ich beruhigt.

RODOLFE Ich will dich nicht hören.

CHARLES Du wirst mich aber hören.

RODOLFE Was willst du eigentlich? Ich sehe kaum was und ich höre schlecht. Wer bist du eigentlich?

CHARLES Ich bin dein Sohn, Charles, Carlos.

RODOLFE Davon weiß ich nichts, und du auch nicht, du noch weniger. Wer kann den Irrlauf des Wassers verfolgen von der Quelle bis zum Meer und ganz sicher sein, dass er sich nicht irrt? Ich habe keinen Grund, meine Zeit damit zu verschwenden, dir zuzuhören.

CHARLES Hilf mir, von hier wegzukommen. Ich habe noch nichts Böses getan, was eine Strafe verdient; fändest du es gerecht, dass in den Jahren, wo ich Frauen brauche, um sie zu ficken, wo ich mir Anzüge kaufen und Autos fahren müsste, in den Jahren, wo ich Geld verdienen könnte für das alles, ich diese Jahre und dieses Geld immer noch vergeude, um für den Tod einer alten Frau aufzukommen, und wenn sie stirbt, bleibt für mich nichts übrig? Und um ein Mädchen durchzufüttern für Jungen, die ich nicht mal kenne, und wenn sie es dann auflesen wie eine gebratene Taube, dann bleibt für mich nichts mehr übrig, meine Jahre sind dahin und genau so mein Geld? Deswegen gehe ich heute weg und sage ich dir Lebwohl, und ich erbitte von dir deinen Segen, wie du mich gelehrt hast, dass ihn ein Sohn von seinem Vater erbitten muss, wenn er aus dem Haus geht.

RODOLFE Erbitte ihn von deiner Mutter und lass mich in Ruhe.

CHARLES Ich will von meiner Mutter nichts erbitten.

RODOLFE Du hast Recht. Sie ist eine Hündin. Diese Hündin nützt es aus, dass ich kaum gehen und nur noch halb soviel spucken kann. Diese Wilde hat in der Gosse gelegen; ich habe sie herausgefischt wie eine Kaulquappe aus dem Teich, ich habe sie gewaschen und sie gekleidet, ihr alles beigebracht, gehen, essen, lachen, weinen, ihr beigebracht, dass die Erde rund ist und dass die Sonne sich um sie dreht, habe ihr eine richtige Sprache beigebracht, ihr, die doch nur eine unflätige Sprache hatte, ihr die Religion beigebracht; und als sie satt und gekleidet war, als sie in Spucknäpfe spucken und sich die Finger in Fingerschalen waschen konnte, ist die Wilde in ihr wieder erwacht und hat angefangen, auf mein Unglück hinzuarbeiten, ohne Grund, für ihren gottverdammten Spaß als Wilde. So befällt die Fäulnis eine gesunde Frucht, aber nie wieder befällt die Gesundheit eine faule.

CHARLES Also glaubst du, ich bin im Recht, dass ich weggehe?

RODOLFE Gar nichts, ich glaube gar nichts, ich bin viel zu alt und zu blöd, um was zu glauben; ich will nur, dass du mich in Ruhe lässt.

CHARLES Und ich will nicht verflucht werden; es sollen mich ruhig alle verurteilen, aber ich weiß, wenn du mein Lebewohl gehört hast, ohne mich zu verfluchen, dann werde ich nicht mein ganzes Leben herumrennen, ohne mich von dieser Verurteilung befreien zu können, wie die, die ihr Vater verflucht hat, das hast du selber mir beigebracht.

RODOLFE Deine Mutter wird dich sowieso verfluchen; also lass mich in Ruhe und renne ruhig im Kreis herum.

CHARLES Auf den Fluch meiner Mutter pfeife ich.

RODOLFE Du hast Recht. Die Frauen verfluchen morgens und segnen dann plötzlich nachts, und wenn es Morgen wird, verfluchen sie wieder, und segnen abermals um Mittag, es ist wie ein Wind, der in die eine und in die andere Richtung weht und die Bäume kerzengerade lässt. Aber mein Fluch ist wie eine Handvoll Salz, die ich in den Tee schütte, und nichts macht den Tee wieder trinkbar.

CHARLES Darum will ich nicht, dass du es tust.

RODOLFE Ich tus trotzdem, ich tus trotzdem, da verlass dich drauf.

CHARLES Warum? Was erwartest du noch? Ich schaue dich an, und ich sehe, du kannst fast nicht mehr gehen, du bist halb taub und blind, das Leben hat dich vollkommen gebrochen, und du bist alt. Ich bewundere den starken, herrischen Mann, ich bewundere den Dreißigjährigen, der dich noch umschwebt wie dein Schatten und an den ich mich noch ein wenig erinnere. Aber heute ist dieser Mann nur noch ein Schatten, und was in Wahrheit existiert, ist ein zerbrochener alter Mann, dessen Stücke nie wieder zusammengeklebt werden. Aber bei mir, schau mich an, sind die Stücke noch nicht zerbrochen, mich umschwebt das Alter wie ein Schatten, aber die Wirklichkeit hält noch. Dir kann man nicht mehr weh tun. Du brauchst dir keine Hoffnung mehr zu machen, Auto zu fahren, du musst dich nicht mehr drum kümmern, wie du dich anziehst, du brauchst dir nicht mehr vorzustellen, eine Frau zu ficken. Man kann dich an all dem nicht mehr hindern, denn du machst es sowieso nicht mehr. Aber mir kann man sehr wohl noch wehtun. Und wenn die Zukunft mit den Greisen Mitleid hat und sie vergisst, dann können die Greise auch Mitleid haben mit denen, denen die Zukunft auflauert wie ein Feind.

RODOLFE Ich verstehe nichts von dem, was du sagst, ich bin halb verblödet durch den Krieg und durch die Jahre, ich weiß nicht einmal mehr genau, wer ich bin, was also willst du noch von mir verlangen?

CHARLES Du bist mein Vater, ob du willst oder nicht, und das kann dein greises Hirn nicht vergessen.

RODOLFE Wieso bist du so sicher, dass ich dein Vater bin, wenn ich selber es nicht einmal bin? Die Mütter sind sowieso Papa und Mama in einem; ein Vater ist wie ein kleiner Regenguss über dem Ozean, man kann gar nicht schnell genug schauen, wo zum Teufel die Tropfen hin sind. Und außerdem ist es mir ganz egal.

CHARLES Dann will ich, dass du dich wenigstens an mich erinnerst. Nur das. Ich will jemandem in Erinnerung bleiben, wie du mich gelehrt hast, dass man jemandem in Erinnerung bleiben muss, um nicht zu sterben, sogar einem so greisen Hirn wie deinem. Das wirst du mir nicht abschlagen. Du kannst es mir nicht abschlagen.

RODOLFE Aber sicher kann ich das. Ich vergesse alles. Ich habe kein Gedächtnis mehr. Außerdem habe ich dich schon vergessen.

CHARLES Warum willst du mein Unglück?

RODOLFE Weil ich dir nichts will.

Charles ab.

***

> *»In was für ein Haus bringen Sie mich da? Was ist es für ein merkwürdiges Gebäude? Was bedeutet die gewaltige Höhe der verschiedenen Mauern, die es umgeben? Wohin führen Sie mich?«*
> Marivaux.

Die Autobahn am Nachmittag. Claire hat Monique gerade die Haare gemacht. Cécile ist allein in einer Ecke.

CLAIRE *zu Monique, als diese aufsteht* Wohin hauen Sie jetzt klammheimlich ab?

MONIQUE Ich hole die Polizei. Lassen Sie mich los, dummes Ding, lassen Sie mich los.

CLAIRE Gehen Sie nicht.

MONIQUE Ich werde gehen, Herrgott! Sie werden mich nicht dran hindern, kleines Miststück.

CLAIRE Warum sollten Sie uns noch quälen, wo für Sie doch schon alles gelaufen ist? Was liegt Ihnen jetzt noch daran, uns zu quälen?

MONIQUE Ich werde euch soviel quälen, wie ich nur kann, alles Böse, was zu tun mir überhaupt einfällt, ist für euch.

CLAIRE Er hat sich selber umgebracht, niemand von uns hat etwas damit zu tun.

MONIQUE Er sich selbst? Ganz bestimmt nicht. Er sich selbst? Ich kenne ihn, er hat geblufft. *Sie weint.* Was soll ich jetzt bloß machen? Was soll ich bloß machen?

CLAIRE Hauen Sie nicht ab. Der Weg ist sehr lang, es sind Stunden und Stunden, Sie werden sich verlaufen, Sie werden durch Straßen gehen, ganz allein mitten auf der Straße, Ihre Schuhe werden ganz laut klackern und die Leute aufwecken, man wird Sie anschauen und Sie umringen, man wird Ihnen stundenlang folgen, und Sie sind verloren.

MONIQUE Lassen Sie mich; ich weine.

CLAIRE Hauen Sie nicht ab, Madame, hauen Sie nicht ab. Ich selber hole Reifen für Ihren Wagen und Benzin für Ihren Tank und Handtücher für Ihre Tränen, und wenn sich alles beruhigt hat, fahren Sie in aller Ruhe mit dem Auto nach Hause und finden in aller Ruhe heraus, wem Sie böse sind und wem nicht.

MONIQUE Sei still. Ich weine.

CLAIRE Die Dunkelheit, Madame, wird ganz schnell hereinbrechen, sie wird hereinbrechen, während Sie sich auf menschenleeren Straßen verirren, und dann können Sie weinen, und niemand, niemand wird Ihnen die Augen trocknen. Hauen Sie nicht klammheimlich ab, Madame, hauen Sie nicht ab. Wir werden Sie nicht stören; Sie bleiben in Würde in Ihrer Ecke und warten, dass der Tag vergeht und wiederkommt und dass Ihre Ruhe kommt, Madame, in Würde, in Ihrer Ecke.

MONIQUE Lass mich los.

CÉCILE *zu Claire* Komm, hilf mir, steh nicht so faul rum.

Claire sieht zu, wie Monique weggeht.

***

»Ich nenne ihn Schwätzer, Lügner, Betrüger, denn wenn er nach einem kurzen Schlummer erwacht, dann stöhnt er, begehrlich bereits nach einem anderen Lager: Stünde ich noch ein wenig in deiner Gunst, ließest du dich nur einmal rühren von meiner Trauer und meinem Lebensüberdruss, wärest du zumindest nicht so grausam, dass du mich aus reiner Bosheit der letzten Stätte meiner Ruhe beraubst, die zu erreichen jedes Wesen das Recht hat, dann schenktest du meinem Bitten einen Augenblick lang Gehör und ließest dich erweichen, du erleichtertest mir den Zugang zu jener Stätte der Ruhe, da ich dir verspreche, sobald ich sie erreicht habe, werde ich nicht mehr begehrlich sein, mit

ihr werde ich mich begnügen, dort werde ich mich betten und diesen Ort nie wieder verlassen, nie wieder hörst du mich klagen. Doch kaum hat er den Gegenstand seiner Bitte erlangt, kaum hat er den Ort erkundet, lässt er schon, gesättigt, nach einem kurzen Schlummer den Platz mit einem vagen Bedauern zurück, hebt den Kopf, begehrt ein anderes Lager und bettelt von neuem.

Es ist der Hund, der den Menschen an der Leine führt, der Sklave, der den Herrn verhöhnt, der Vogel, der das Kind in seinen Käfig sperrt. Ich will nicht mehr mit ihm sprechen, nicht mehr auf ihn hören, nicht mehr nachgeben und mir nie mehr Tränen entlocken lassen; selber will ich jetzt böse und hart und herzlos sein und ihm einen Maulkorb anlegen wie einem schlecht dressierten Bastard, mich mit ihm schlagen, bis er kuscht, wenn ich ihm befehle, zu kuschen, bis er dort hineinschlüpft, wo ich es ihm sage, damit man sieht, wer wem gehorcht.

Ich habe ihm Stockhiebe gegeben, um ihm Respekt einzuflößen, doch ich habe ihn nur verhärtet und ihn trotzig gemacht; ich habe ihn in eiskaltes Wasser getaucht, um ihn zum Schweigen zu bringen, doch ich habe nur seine Neugier angestachelt; ich habe ihn mit Dornen gestochen, damit mit seinem Blut die Bosheit und die Leiden ausflössen, die er mir zufügte, doch ich habe ihn nur die Lust am Leiden gelehrt. Er rüttelt an der Tür, er ruft: lass mich hinaus, führe mich umher in der Welt, lass mich nicht eingesperrt wie ein altes unnützes Eheweib, dessen du dich schämst. Doch wenn ich ihn freilasse, verursacht er mir einen brennenden Schmerz wie die Regel der Frau und ein Jucken, und wenn ich ihn nicht freilasse, dann verhext er mich, und meine Haut wird gelb, bedeckt sich mit Pusteln, und der Leib tut mir weh.

Es ist der Sklave, den ich nicht freilassen kann, der Hund, den ich nicht erschießen kann, sondern im Gegenteil, ich klammere mich mit Händen und Zähnen an seine Leine, denn sein Name ist mein Name, und ich will nicht, dass das Zeichen meines Daseins unter den Menschen getilgt noch mein Daseinsgrund vernichtet werde in dieser Welt«, sagt Fak.

CÉCILE Trag mich in die Küche, komm, beweg dich, ich will hier nicht bleiben.

CLAIRE Du bist zu schwer, allein kann ich dich nicht tragen.

CÉCILE Idiotin. *Leise.* Versteck mich, ich will nicht, dass Rodolfe mich sieht, da hinten höre ich ihn feixen, hol mir meinen Schal und versteck mich drunter, ich will aussehen wie ein kleiner Haufen Kieselsteine. *Zornig.* Mach um mich herum sauber, so eine Sauerei, hol den Eimer und wisch auf.

CLAIRE Es läuft kein Wasser.

CÉCILE Für deinen Kaffee hast du welches gefunden, und um dich aufzudonnern wie eine kleine Nutte. Geh mit dem Eimer zum Fluss.

CLAIRE Es ist zu weit, es ist zu schwer, es ist zu schmutzig, ich will nicht.

CÉCILE Wer hat dir das Antworten beigebracht? *Leise.* Ruf deinen Bruder.

CLAIRE Er ist abgehauen.

CÉCILE Quatsch. Ruf deinen Bruder.

CLAIRE Nein. Ich will keinen Bruder mehr haben.

CÉCILE Was, glaubst du, wärst du ohne ihn? Wer hat dich fett gemacht, du kleine Nutte? *Leise.* Ich will nicht dreckig sein, ich will nicht schlecht riechen, und dass keiner es mir sagt. Wasser, mein Schatz, meine Blume, meine Sonne, bring mir Wasser. *Wü-*

tend. Ruf sofort Rodolfe, que llames a Rodolfo, te digo, idiota.[11]

CLAIRE Was sagst du?

CÉCILE Que venga pronto, no, que no venga, que desaparezca, que se muera, ya bastante me jodió toda mi puta vida.[12]

CLAIRE Hör auf, Mama, hör auf. *Sie weint.*

CÉCILE Ese impotente me hizo echar raíces en este país de selvajes, ese castrado me metió en la cama de los selvajes, me hizo fornicar con las larvas, hizo que se acoplara la orquidea con el cardo, y héme aquí en medio de esta mierda.[13]

CLAIRE *läuft in Panik davon* Papa, Papa, komm schnell, ich verstehe nicht, was sie sagt.

CÉCILE Quiero regresar a las Lomas Altas, no, no quiero regresar allá, el aire allá está podrido y huele a mierda, allá he perdido todos mis colores y mis fuerzas y mi virilidad, allà me gastaron la vida y a cambio me dieron una bolsa de guijarros que debo arrastrar noche y dia por el mar, por los puertos, hasta que me caiga de cansancio.[14]

---

11 Dt.: Ruf Rodolfe, sag ich dir, Idiotin.

12 Dt.: Er soll sofort herkommen, nein, er soll nicht kommen, er soll verschwinden, er soll sterben, er hat mir mein ganzes Scheißleben schon genug versaut.

13 Dt.: Dieser Entmannte hat mich Wurzeln schlagen lassen in diesem Land von Wilden, dieser Kastrat hat mich ins Bett geschickt mit Wilden, hat mich gezwungen, es mit Krüppeln zu treiben, er hat die Orchidee sich paaren lassen mit der Hundeblume, und hier verrecke ich jetzt in dieser Scheiße.

14 Dt.: Ich will zurück nach Lomas Altas, nein, ich will nicht dorthin zurück, die Luft dort ist faul und stinkt nach Scheiße; dort habe ich meine ganze Farbe und meine Kraft und meine Mannhaftigkeit verloren; dort haben sie mir das Leben genommen und dafür haben sie mir einen Beutel voll Geröll gegeben, den ich Tag und Nacht mit mir herumtragen muss, auf dem Meer, in den Häfen, bis ich vor Müdigkeit umfalle.

Claire kommt zurück und zerrt Rodolfe hinter sich her.

RODOLFE Lass mich in Frieden, du Bastard.
CLAIRE Was sagt sie, Papa, was sagt sie?
RODOLFE Ich will es nicht wissen.
CÉCILE ¿Imanasgam Maria? ¿Imanasgam ñioqa wachuchikurqani supaywan, nina ñawiyuqwan, wachachikuwananpaq? ¿Dolores, Mariapa maman, niy Kuway? ¿Imanasgam supaywan wachuspa, Mariata wachana? ¿Imanasgam? ¿Niykuway Carmen? ¿Imanasgam wachuchikurqani Doloresta wacha naypag, paypas Mariata wachananpag, Mariapas, qanra chuchumeka, hatun rakayug, paypas wachananpag?[15]
RODOLFE Die Indianerin erwacht. *Er lächelt.*
CLAIRE Was sagt sie, Papa, was sagt sie?
CÉCILE Cheqnisqa kachun llapallan tuta, chay warmikunapa tutan, waytarukuspa, pantasqa supaywan wachuchikuna tuta, paykuna waytakurukuspa, satirachikuspa isqon killamanta anchata gaparingaku, qanra qocha pantanpi; cheqnisqa kachun warmipa qaparitynin, chawpi tutapi warmi wawata wachkuspa; chay warmi wawakunapas, wiñaspa, waytarikunqaku, wachuchikunqaku, qaparinqaku. Cheqnisqa kachun Ilapa warmikunapa rakan, cheqnisqa kachun Runa Kamaq, cheqnispa

15 Dt.: Warum, Maria, sag mir, hast du es getrieben mit dem roten Schakal und mich geboren? Sag mir, Dolores, Mutter Marias, warum hast du es mit einem Schakal getrieben und Maria geboren? Und warum, sag mir, Carmen, hast du es getrieben, um mit Dolores niederzukommen, die niederkam mit Maria der Hure, die alles hatte, um selber niederzukommen?

warmita rurarqa, pantasqa, yarqasqa runapa pisqonwan satichikunanpaq.[16]

RODOLFE Die Indianerin schläft ein. *Cécile betrachtet die Sonne, die Sonne fällt herunter.*

Cécile rührt sich nicht mehr, Claire flüchtet. Rodolfe wird plötzlich wütend, geht zu Cécile und zieht ihr den Rock über die Beine. In der Ferne die Silhouette Moniques, die davongeht.

***

Das Innere des Lagerhauses im dunkelroten Abendlicht. Völlig außer Atem hält Claire Charles auf, der zur Mole gehen will.

CLAIRE Und wenn ich dir sagen würde, ich kann dafür sorgen, dass du Zeit und Geld gewinnst? Wenn ich dir sagen würde, dass ich dir mehr Zeit geben werde, als man braucht, um es im Leben zu was zu bringen, Charlie, und die beste Methode, um mehr Geld zu verdienen, als man in einem Leben braucht, und den Trick, besser und stark zu sein gegenüber allen andern?
Ich, Charlie, kann für dich tun, was niemand je für dich tun könnte; ich kann mich um dich kümmern,

16 Dt.: Verflucht seien die Nächte, wo die Frauen sich aufputzen, um es mit dem schweifenden Schakal zu treiben; und den Putz legen sie schreiend nieder neun Monate später auf einem verhassten Strand; verflucht sei der Schrei der Frauen in der Tiefe der Nacht, die andere Frauen gebären, die sich aufputzen und den Putz ablegen und schreien werden ihrerseits. Verflucht sei das Werkzeug der Fortpflanzung der Frau, und verflucht sei der Gott, der die Frau verflucht hat durch das schweifende Werkzeug des Mannes wie ein hungriger Schakal.

wie niemand sich je um dich kümmern wird; ich kann für dich an deiner Hand das sein, was niemand sonst an der Hand hat, und so hättest du deine ganze Zeit für alles andere. Wenn ich dir sagen würde, Charlie, dass ich dich lieben kann, wie niemand sonst dich je lieben wird?

Du wirst deine Zeit verplempern, Charlie, halb um Geld zu verdienen, halb um jemanden zu suchen, der dich liebt, aber mit mir könntest du deine ganze Zeit aufs Geld verwenden, ohne dich mit dem andern rumzuärgern; ich würde dich lieben, wie niemand dich je lieben würde, du hättest nur noch eine Sache im Kopf, nur noch eine einzige Sache zu suchen und zu finden, nämlich dich um dich zu kümmern und dein ganzes Geld zu verdienen.

Du würdest den anderen zuschauen, Charlie, wie sie jemanden suchen, der sie liebt, der sie gerade mal liebt so recht und schlecht, eine hier, eine da, ein bisschen und ein ganz klein bisschen, und dann machen sie die Rechnung auf; bei mir gäbe es keine Rechnung, es wäre eine ausgemachte Sache; du müsstest nichts tun, weder mich anschauen, noch mit mir sprechen, noch an mich denken, nicht einmal mich lieben, mich nur an der Hand haben; und du, du könntest lieben, wen du wolltest, und du könntest die Rechnung aufmachen. Also müsstest du, Charlie, einfach nur alle ausnutzen, und du würdest dir ins Fäustchen lachen, wenn du den anderen zuschaust; es wäre zu dumm, Charlie, das nicht auszunutzen.

Wenn ich dir sagen würde, dass ich dich lieben kann, Charlie, wie niemand dich je lieben kann? Ich kann dich lieben, ob es Tag ist, ob es Nacht ist, im Winter und im Sommer, egal wie und egal wo, hier oben oder sonstwo. Wenn ich dir sagen würde, dass ich dich so sehr liebe, Charlie, dass es in deinem Interesse ist, dass ich dich so liebe und dass ich dich weiter liebe und dass ich dich so weiter lieben kann, wie niemand, Charlie, dich je wird lieben können?

Claire sieht zu, wie Charles weggeht. Nacht.

***

Auf der Mole. Abad, Charles, Fak, die Kalaschnikow. Unter Mühen schleift Fak Kochs Leiche zum Wasser.

CHARLES *zu Fak* Ist er schwer, oder bist du müde?
FAK Er ist schwer.
CHARLES Wenn man tot ist, fliegt die Seele weg und steht irgendwann vor dem lieben Gott, der richtet und entscheidet, wer in den Himmel und wer in die Hölle kommt. Er fragt, was man im Jahresdurchschnitt verdient hat, und zum Beweis für das, was man angibt, muss man einen Lohnzettel oder eine Steuererklärung beibringen. Alle, deren Einkommen erwiesenermaßen eine bestimmte Summe übersteigt, kommen in den Himmel, und die anderen in die Hölle. Sie prüfen auch die Kleider. *Er betrachtet Kochs Anzug.* Ein Cerruti.

Abad hebt die Kalaschnikow auf, stellt sie auf Einzelschuss, gibt einen Schuss auf den Fluss ab. Das Brausen einer Welle antwortet. Fak lässt die Leiche ins Wasser stürzen. In der Ferne eine Schiffssirene.

FAK Ich bin müde. *Er legt sich hin und schließt die Augen.*

CHARLES *sieht zu, wie Kochs Leiche auf dem Wasser treibt* Im Himmel gibt es reiche Villen, die von Dobermännern bewacht werden, mit Rasen und Tennisplätzen; vor dem Essen werden Drinks serviert, und selbst die Engel, die die Butler sind, tragen Westons. In der Hölle wohnt man in ausgeschlachteten Autos. *Er lacht.* Humbug.

FAK Ich weiß jetzt, warum er nicht so schwer war; ich habe vergessen, ihm wieder die Steine in die Taschen zu stecken. Er muss treiben.

Abad schießt auf den Fluss. Er löst einen kleinen Sturm aus. Es regnet.

CHARLES Vielleicht mit einem gefälschten Lohnzettel. *Er lacht, schaut auf Abad.*

FAK *öffnet die Augen* Er treibt. *Geräuschvoll fliegen Vögel neben ihnen auf.*

Abad richtet die Waffe auf Charles und schießt.

In der Einsamkeit der Baumwollfelder

PERSONEN

DER DEALER
DER KUNDE

Ein Deal ist eine geschäftliche Transaktion, die verbotene oder strenger Kontrolle unterliegende Güter zum Gegenstand hat und zwischen Lieferanten und Nachfragenden an neutralen, nicht näher bestimmten und zu diesem Zweck nicht vorgesehenen Plätzen vermittels stillschweigenden Einvernehmens, vereinbarter Zeichen oder doppeldeutigen Wortwechsels – mit dem Ziel, das Risiko des Verrats und des Betrugs, das mit einer solchen Vorgehensweise verbunden ist, zu umgehen – abgeschlossen wird, und zwar unabhängig von den gesetzlich festgelegten Öffnungszeiten offizieller Geschäftslokale, sondern eher zu den Stunden, in denen diese geschlossen sind.

DER DEALER Wenn Sie zu dieser Stunde und an diesem Ort draußen unterwegs sind, dann darum, weil Sie etwas wünschen, was Sie nicht haben, und dieses Etwas kann ich Ihnen beschaffen; denn wenn ich seit längerer Zeit und für längere Zeit als Sie an diesem Ort bin, und wenn selbst diese Stunde, die Stunde des wilden Umgangs der Menschen und Tiere untereinander, mich nicht von ihm vertreibt, dann darum, weil ich dasjenige habe, womit sich der Wunsch desjenigen, der an mir vorübergeht, befriedigen lässt, und es ist wie eine Last, die ich loswerden muss an jedes Wesen, Mensch oder Tier, das an mir vorübergeht.

Darum trete ich an Sie heran, trotz dieser Stunde, der Stunde, zu der für gewöhnlich Mensch und Tier sich wild aufeinanderstürzen, trete ich mit geöffneten Händen und Ihnen zugewandten Handflächen an Sie heran, mit der Demut des Anbieters gegenüber dem Käufer, mit der Demut des Besitzenden gegenüber dem Wünschenden; und ich sehe Ihren Wunsch, wie man ein Licht sieht, das in der Dämmerung hoch oben im Fenster eines Hauses aufleuchtet; ich trete an Sie heran, wie die Dämmerung an dieses erste Licht herantritt, sachte, ehrerbietig, fast liebevoll, während unten auf der Straße Tier und Mensch an ihren Leinen zerren und wild gegeneinander die Zähne blecken.

Nicht, dass ich erraten hätte, was Sie sich wünschen können, noch dass ich darauf drängte, es zu erfahren; denn der Wunsch eines Käufers ist die schwermütigste Sache der Welt, die man betrachtet wie ein kleines Geheimnis, das nur darauf wartet, gelüftet zu werden; wie ein Geschenk, das einem eingepackt überreicht wird und bei dem man sich Zeit lässt, be-

vor man es aufschnürt. Sondern darum, weil ich selber seit der Zeit, die ich an diesem Ort bin, alles gewünscht habe, was jeder Mensch oder jedes Tier in dieser Stunde der Dunkelheit wünschen kann und was ihn veranlasst, trotz des wilden Knurrens der unzufriedenen Tiere und der unzufriedenen Menschen aus dem Haus zu treten; darum weiß ich besser als der ängstliche Käufer, der noch eine Weile sein Geheimnis wahrt wie eine kleine Jungfrau, aus der einmal eine Nutte werden soll, dass ich das, wonach Sie mich fragen werden, schon habe und dass Sie mich nur danach zu fragen brauchen, ohne sich verletzt zu fühlen durch die augenscheinliche Ungerechtigkeit, die darin liegt, gegenüber dem Anbieter der Nachfragende zu sein.
Denn es gibt keine wirkliche Ungerechtigkeit auf dieser Erde außer der Ungerechtigkeit der Erde selbst, die unfruchtbar ist vor Kälte oder unfruchtbar vor Hitze und selten fruchtbar aufgrund der milden Vermischung von Hitze und Kälte; es gibt keine Ungerechtigkeit für den, der über ein und dasselbe Stück Erde geht, das derselben Kälte oder derselben Hitze oder derselben milden Vermischung von beidem unterworfen ist, und jedes Wesen, Mensch oder Tier, das einem anderen Wesen, Mensch oder Tier, in die Augen schauen kann, ist ihm ebenbürtig, denn sie gehen auf ein und derselben dünnen, flachen Breitengradlinie einher, sind Sklaven der gleichen Kälte und der gleichen Wärme, gleichermaßen arm und gleichermaßen reich; und die einzige Grenze, die es gibt, ist die zwischen Käufer und Verkäufer, doch sie ist schwankend, denn beide besitzen den Wunsch und den Gegenstand des Wunsches, Einbuchtung und Ausbuch-

tung zugleich, und darin liegt weniger Ungerechtigkeit als männlichen oder weiblichen Geschlechts zu sein bei Menschen oder Tieren. Darum borge ich mir vorläufig die Demut aus und überlasse Ihnen die Anmaßung, damit man uns voneinander unterscheiden kann in dieser Stunde, die unweigerlich ein und dieselbe ist für Sie und für mich.

Sagen Sie mir also, schwermütige Jungfrau, in diesem Augenblick, in dem Menschen und Tiere dumpf knurren, sagen Sie mir, was Sie wünschen und was ich Ihnen beschaffen kann, und ich werde es Ihnen sachte, ehrerbietig, vielleicht liebevoll beschaffen; danach, nachdem wir die Täler zugeschüttet und die Berge eingeebnet haben, die in uns sind, werden wir uns voneinander entfernen, im Gleichgewicht auf dem dünnen flachen Faden unseres Breitengrades, zufrieden inmitten der Menschen und Tiere, die dagegen aufbegehren, Menschen zu sein, und dagegen aufbegehren, Tiere zu sein; doch verlangen Sie nicht von mir, Ihren Wunsch zu erraten; ich wäre genötigt, alles aufzuzählen, was mir zu Gebote steht, um diejenigen zufriedenzustellen, die seit der Zeit, die ich hier bin, an mir vorübergehen, und die Zeit, die zu dieser Aufzählung notwendig ist, würde mein Herz vertrocknen und ohne Zweifel Ihre Hoffnung erlahmen lassen.

DER KUNDE Nicht an einem bestimmten Ort und zu einer bestimmten Stunde bin ich unterwegs; ich bin einfach nur unterwegs, ich gehe von einem Punkt zu einem anderen in privaten Angelegenheiten, die an diesen Punkten und nicht auf der Wegstrecke verhandelt werden; ich kenne keine Dämmerung und keinen Wunsch und ich will von den Unebenheiten meiner Wegstrecke nichts wissen. Ich ging von diesem erleuchteten Fenster dort oben hinter mir zu jenem anderen erleuchteten Fenster dort unten vor mir auf einer geraden Linie, die durch Sie hindurchführt, weil Sie sich mit Absicht auf sie hingestellt haben. Nun gibt es aber kein Mittel, durch das derjenige, der sich von einer Stufe auf eine andere Stufe begibt, es vermeiden kann, hinabzusteigen, um dann wieder hinaufsteigen zu müssen, mit der Sinnlosigkeit zweier Bewegungen, die sich aufheben, und mit dem Risiko, zwischen beiden bei jedem Schritt auf den Müll zu treten, der aus den Fenstern geworfen wurde; je höher man wohnt, desto gesünder ist der Platz, aber desto härter ist der Fall; und wenn der Fahrstuhl einen unten abgesetzt hat, ist man dazu verurteilt, sich inmitten all dessen zu bewegen, wovon man dort oben nichts wissen wollte, mitten in einem Haufen faulender Erinnerungen, so wie im Restaurant, wenn ein Ober einem die Rechnung schreibt und den angewiderten Ohren alle Gerichte aufzählt, die man schon lange verdaut.

Im übrigen hätte die Dunkelheit noch dichter sein müssen, und ich hätte nichts von Ihrem Gesicht gewahren dürfen; dann hätte ich mich vielleicht täuschen können über die Rechtmäßigkeit Ihrer Anwesenheit und des Umwegs, den Sie machten, um sich auf meinen Weg zu stellen, und hätte meinerseits einen Umweg machen können, der dem Ihren entsprochen hätte; doch welche Dunkelheit wäre tief genug, dass Sie darin weniger dunkel erschienen als die Dunkelheit selbst? Es gibt keine mondlose Nacht, die nicht Mittag zu sein scheint, wenn Sie darin umhergehen, und dieser Mittag zeigt mir zur Genüge, dass nicht die Willkür der Fahrstühle Sie hier abgesetzt hat, sondern ein unantastbares Gesetz der Schwerkraft, das Ihnen eigen ist, das Sie sichtbar auf den Schultern tragen wie einen Sack und das Sie mit dieser Stunde verbindet, an diesem Ort, an dem Sie seufzend die Höhe der Häuser abschätzen.

Was den Gegenstand meines Wunsches angeht, wenn es einen Wunsch gäbe, an den ich mich hier, in der Dunkelheit der Dämmerung, inmitten des Knurrens von Tieren, von denen man noch nicht einmal den Schwanz gewahrt, erinnern könnte, außer an diesen meinen sehr bestimmten Wunsch, dass Sie die Demut fallen lassen und mir nicht die Anmaßung zum Geschenk machen – denn wenn ich auch für die Anmaßung eine gewisse Schwäche habe, so hasse ich die Demut, an mir und an anderen, und dieser Tausch missfällt mir –, so hätten Sie ganz bestimmt nicht das, was ich mir wünschen würde. Mein Wunsch, wenn es ihn gibt, würde Ihnen das Gesicht verbrennen, wenn ich ihn ausspräche, Sie würden mit einem Schrei die Hände zurückziehen und in die Dunkelheit flüchten wie ein Hund, der so schnell läuft, dass man nicht einmal mehr seinen Schwanz gewahrt. Doch nein, die Verwirrung dieses Ortes und dieser Stunde lässt mich vergessen, ob ich jemals einen Wunsch hatte, an den ich mich erinnern könnte, nein, ich habe genauso wenig einen Wunsch wie ich Ihnen ein Angebot zu machen habe, und Sie werden einen Umweg machen müssen, damit ich keinen zu machen brauche, Sie werden die gerade Linie, der ich folgte, freigeben müssen, Sie werden sich davonmachen müssen, denn dieses Licht dort oben, oben an dem Haus, an das die Dämmerung herantritt, scheint unbeirrbar weiter; es durchdringt diese Dunkelheit, wie ein brennendes Streichholz den Lappen durchdringt, der es löschen soll.

DER DEALER Zu Recht sind Sie der Ansicht, dass ich von nirgendwo herabkomme und dass ich keine Absicht habe, irgendwo hinaufzugehen, doch zu Unrecht würden Sie glauben, dass ich das bedauere. Ich meide Fahrstühle, wie ein Hund das Wasser meidet. Nicht, dass sie sich weigerten, mir ihre Tür zu öffnen, noch dass es mir widerstrebte, mich in sie einzuschließen; doch die fahrenden Aufzüge kitzeln mich, und ich verliere in ihnen meine Würde; und wenn ich mich auch gerne kitzeln lasse, so möchte ich doch, dass das Kitzeln aufhört, sobald meine Würde es erfordert. Es verhält sich mit den Fahrstühlen wie mit manchen Drogen, übermäßiger Gebrauch lässt einen abheben, nie oben und nie unten sein, gekrümmte Linien kommen einem vor wie Geraden, und das Feuer lässt man in seiner innersten Glut zu Eis erstarren. Indessen kann ich seit der Zeit, die ich an dieser Stelle bin, Flammen ausmachen, die von ferne hinter den Fensterscheiben so eiskalt wirken wie Winterdämmerungen, denen man sich aber nur sachte, vielleicht liebevoll zu nähern braucht, um sich daran zu erinnern, dass es kein völlig kaltes Schimmern gibt, und mein Ziel ist es nicht, Sie auszulöschen, sondern Sie vor dem Wind zu schützen und die Klammheit dieser Stunde an der Wärme dieser Flamme zu trocknen.

Denn was Sie auch gesagt haben, die Linie, auf der Sie unterwegs waren, hat sich von der Geraden, die sie vielleicht war, in eine gekrümmte Linie verwandelt, als Sie mich sahen, und ich habe genau den Augenblick erfasst, in dem Sie mich sahen, in eben dem Augenblick, an dem Ihr Weg zu einer Kurve wurde, und nicht zur Kurve, um Sie von mir zu entfernen, sondern zur Kurve, um auf mich zuzukommen, sonst hätten wir uns nie getroffen, sondern Sie hätten sich weiter von mir entfernt, denn Sie gingen zügig wie jemand, der sich von einem Punkt zu einem anderen bewegt; und ich hätte Sie niemals eingeholt, denn ich bewege mich nur langsam, ruhig, fast reglos, so wie jemand, der nicht von einem Punkt zu einem anderen will, sondern an einem unveränderlichen Platz demjenigen auflauert, der an ihm vorübergeht, und darauf wartet, dass er seine Bahn geringfügig verändert. Und wenn ich sage, dass Sie eine Kurve beschrieben, und wenn Sie ohne Zweifel behaupten werden, dabei habe es sich um einen Umweg gehandelt, um mir auszuweichen, und wenn ich dagegen aufrecht erhalte, es sei eine Bewegung auf mich zu gewesen, dann ohne Zweifel darum, weil Sie letzten Endes keinen Umweg eingeschlagen haben, weil jede Gerade nur in Bezug auf eine Ebene existiert, weil wir uns auf zwei verschiedenen Ebenen bewegen und weil allerletzten Endes nur die Tatsache existiert, dass Sie mich angeschaut haben und dass ich diesen Blick aufgefangen habe oder umgekehrt und dass sich insofern die Linie, auf der Sie sich fortbewegten, von der absoluten Linie, die sie war, in eine relative und komplexe Linie verwandelt hat, die weder gerade noch gekrümmt, sondern Schicksalslinie ist.

DER KUNDE Doch ich habe nicht Ihnen zuliebe unerlaubte Wünsche. Mein Geschäft betreibe ich zu den offiziell dafür vorgesehenen Tageszeiten in offiziell anerkannten und von elektrischen Lampen erhellten Geschäftslokalen. Vielleicht bin ich eine Hure, aber wenn ich es bin, dann ist mein Bordell nicht von dieser Welt; meines liegt offen unter dem Licht des Gesetzes und schließt abends seine Pforten, es trägt das amtliche Siegel und wird erhellt von elektrischem Licht, denn selbst das Licht der Sonne ist nicht verlässlich und hat Launen. Was erwarten Sie von einem Mann, der keinen Schritt tut, der nicht offiziell erlaubt und besiegelt und rechtmäßig und bis in seine letzten Winkel von elektrischem Licht erhellt wäre? Und wenn ich hier bin, auf der Wegstrecke, in Erwartung, in der Schwebe, unterwegs, aus dem Spiel, praktisch abwesend, sozusagen nicht da – denn sagt man von einem Mann, der im Flugzeug den Atlantik überquert, er sei zu dem und dem Augenblick in Grönland, und ist er es wirklich, oder im sturmgepeitschten Herzen des Ozeans? –, und wenn ich einen Umweg gemacht habe, obwohl meine Gerade von dem Punkt, von dem ich herkomme, zu dem Punkt, zu dem ich hingehe, keinen, aber auch gar keinen Grund hatte, sich plötzlich zu krümmen, dann darum, weil Sie mir den Weg versperren, voller unerlaubter Absichten und voller Unterstellungen, was meine angeblichen unerlaubten Absichten betrifft. Sie sollen aber wissen: was mir auf der Welt am tiefsten zuwider ist, sogar noch mehr als die unerlaubte Absicht, mehr noch als das unerlaubte Tun selbst, ist der Blick desjenigen, der einem unterstellt, man sei voller unerlaubter Absichten und gewohnt, sie zu hegen; nicht nur wegen dieses Blickes als solchem, der indessen so trüb ist, dass er einen Bergbach trüben kann – und Ihr Blick würde selbst in einem Wasserglas Schlamm aufwirbeln –, sondern weil die Jungfräulichkeit, die in mir ist, allein schon durch das Gewicht, mit dem dieser Blick auf mir lastet, sich plötzlich vergewaltigt, die Unschuld sich schuldig fühlt, und die gerade Linie, die mich von einem Lichtpunkt zu einem anderen Lichtpunkt führen sollte, wird Ihretwegen krumm und zum finsteren Labyrinth in dem finsteren Gelände, in dem ich mich verirrt habe.

DER DEALER Sie versuchen, einen Stachel unter den Sattel meines Pferdes zu schieben, damit es scheut und durchgeht; doch wenn mein Pferd nervös und manchmal störrisch ist, dann halte ich es an straffem Zügel, und es geht so schnell nicht durch; ein Dorn ist keine Klinge, es kennt die Dicke seiner Haut und kann das Jucken verkraften. Doch wer kennt sich mit den Launen der Pferde völlig aus? Manchmal ertragen sie einen Stachel in ihrer Flanke, und manchmal lässt ein Stäubchen unter dem Geschirr sie schon ausschlagen und sich im Kreis drehen und den Reiter aus dem Sattel werfen.

Sie sollen also wissen, wenn ich zu dieser Stunde so mit Ihnen spreche, sachte, vielleicht noch ehrerbietig, dann nicht unter dem Zwang der Umstände, wie Sie unter dem Zwang der Umstände sprechen, in einer Redeweise, die Sie als denjenigen zu erkennen gibt, der Angst hat, eine kleine, stechende, unsinnige, überdeutliche Angst, ähnlich der Angst eines Kindes vor einer möglichen Ohrfeige seines Vaters, während ich die Redeweise dessen habe, der sich nicht zu erkennen gibt, die Redeweise dieser Gegend und dieses Teiles der Zeit, da die Menschen an ihren Leinen zerren und da die Schweine mit dem Kopf gegen die Umzäunung anrennen; ich halte meine Zunge im Zaum wie einen Hengst, damit er sich nicht auf die Stute stürzt, denn wenn ich den

Zaum losließe, wenn ich den Druck meiner Finger und die Anspannung meiner Arme ein wenig lockern würde, würden meine Wörter mich selbst aus dem Sattel werfen und zum Horizont preschen mit dem Ungestüm eines Araberpferdes, das die Wüste riecht und durch nichts mehr zu zügeln ist.
Darum habe ich Sie vom ersten Wort an, ohne Sie zu kennen, korrekt behandelt, vom ersten Schritt an, den ich auf Sie zu gemacht habe, einen korrekten, demütigen und ehrerbietigen Schritt, ohne zu wissen, ob irgend etwas an Ihnen Respekt verdient, ohne etwas von Ihnen zu kennen, das mir darüber hätte Aufschluss geben können, ob der Vergleich zwischen Ihrem und meinem Status eine Grundlage dafür abgäbe, dass ich demütig bin und dass Sie anmaßend sind, ich habe Ihnen die Anmaßung überlassen angesichts der Stunde der Dämmerung, in der wir aneinander herangetreten sind, weil die Stunde der Dämmerung, in der Sie an mich herangetreten sind, diejenige Stunde ist, in der Korrektheit nicht mehr Pflicht ist und also notwendig wird, in der nichts mehr Pflicht ist außer der Wildheit der Wesen untereinander in der Dunkelheit, und ich hätte auf Sie fallen können wie ein Lappen auf die Flamme einer Kerze, ich hätte Sie unverhofft am Hemdkragen packen können. Und diese notwendige, aber nichts sagende Korrektheit, die ich Ihnen entgegengebracht habe, bindet Sie an mich, und sei es nur darum, weil ich aus Stolz auf Sie hätte treten können, wie ein Stiefel ein Stück schmieriges Papier zertritt, denn ich wusste aufgrund der Körpergröße, die unseren ersten Unterschied ausmacht – und zu dieser Stunde und an diesem Ort macht die Körpergröße den Unterschied aus –, wir wissen beide,

wer der Stiefel und wer das Stück schmieriges Papier ist.

DER KUNDE Wenn ich es gleichwohl getan habe, dann sollen Sie wissen, dass ich mir gewünscht hätte, ich hätte Sie nicht angeblickt. Der Blick streift umher und senkt sich auf etwas und glaubt, auf neutralem und freiem Gelände zu sein, wie eine Biene auf einem Blumenfeld, wie das Maul einer Kuh in dem eingezäunten Geviert einer Wiese. Doch was tut man mit seinem Blick? Zum Himmel hochzublicken macht mich wehmütig, und zu Boden zu starren macht mich traurig, einer Sache nachtrauern und sich erinnern, dass man sie nicht hat, ist beides gleichermaßen bedrückend. Also muss ich auf meiner Stufe geradeaus blicken, ganz gleich, welches die Ebene ist, die mein Fuß vorläufig betreten hat; darum traf mein Blick, als ich unter dem Zwang der Umstände dort ging, wo ich soeben ging und mittlerweile stehe, früher oder später auf jegliches Ding, das auf derselben Stufe wie ich lag oder ging; nun ist in der Entfernung und aufgrund der Gesetze der Perspektive jeder Mensch und jedes Tier vorläufig und näherungsweise auf derselben Stufe wie ich. Vielleicht besteht in der Tat der einzige Unterschied, durch den wir uns noch voneinander abheben, oder, wenn Sie so wollen, die einzige Ungerechtigkeit darin, dass der Eine eine unbestimmte Angst hat vor einer möglichen Ohrfeige des anderen; und die einzige Ähnlichkeit oder, wenn Sie so wollen, die einzige Gerechtigkeit besteht darin, dass wir nicht wissen, in welchem Maß diese Angst geteilt wird, welches Maß an zukünftiger Wirklichkeit und welches jeweilige Maß an Heftigkeit diesen Ohrfeigen zukommt.

Insofern verhalten wir uns lediglich so, wie sich Menschen und Tiere für gewöhnlich zueinander verhalten in verbotenen und finsteren Räumen und Stunden, in die weder das Gesetz noch der elektrische Strom vorgedrungen sind; und darum, aus Hass auf die Tiere und aus Hass auf die Menschen, bin ich für das Gesetz und bin ich für das elektrische Licht, und ich habe Grund zu glauben, dass jedes natürliche Licht und jede ungefilterte Luft und die nicht regulierte Temperatur der Jahreszeiten die Welt zu einem Wagnis werden lassen; denn es gibt keinen Frieden und kein Recht in den Elementen der Natur, es ist kein Geschäft zu machen im unerlaubten Geschäft, es bleibt nur die Drohung und die Flucht und der Coup, ohne dass einer etwas kauft oder etwas verkauft, ohne gültige Währung und ohne Preisliste; Finsternis, Finsternis der Menschen, die sich in der Nacht ansprechen; und wenn Sie mich angesprochen haben, dann darum, weil Sie mich letztlich schlagen wollen; und wenn ich Sie fragen würde, warum Sie mich schlagen wollen, dann würden Sie mir, das weiß ich, zur Antwort geben, das habe einen geheimen Grund, den Sie für sich behalten wollen, den ich ohne Zweifel nicht unbedingt zu kennen brauche. Ich werde Sie denn auch nichts fragen. Redet man mit einem Ziegel, der vom Dach fällt und einem den Schädel zerschmettern wird? Man ist eine Biene, die auf die falsche Blume geflogen ist, man ist das Maul einer Kuh, die auf der anderen Seite des elektrischen Zauns grasen wollte; man schweigt oder man flieht, man empfindet Reue, man wartet, man tut, was man kann, sinnlose Beweggründe, Finsternis.
Ich bin in eine Stallrinne getreten, durch die wie

die Jauche von Tieren Geheimnisse strömen; und aus diesen Ihren Geheimnissen und dieser Ihrer Dunkelheit ist die Regel hervorgegangen, derzufolge man sich als einer von zwei Männern, die einander begegnen, immer dafür entscheiden muss, der Angreifer zu sein; und ohne Zweifel müsste man zu dieser Stunde und an diesem Ort an jedes Wesen, Mensch oder Tier, auf das der Blick gefallen ist, herantreten, es schlagen und zu ihm sagen: ich weiß nicht, ob es in Ihrer Absicht lag, aus einem unsinnigen und geheimnisvollen Grund, den mir mitzuteilen Sie ohnehin nicht für notwendig erachtet hätten, mich selbst zu schlagen, doch wie dem auch immer sei, lieber habe ich es als erster getan, und mein Grund, auch wenn er unsinnig sein mag, ist zumindest nicht geheim: aufgrund meiner Anwesenheit und aufgrund Ihrer Anwesenheit und aufgrund der zufälligen Verknüpfung unserer Blikke bestand die Möglichkeit, dass Sie mich zuerst schlagen, und ich wollte lieber der fallende Ziegel sein als der Schädel, lieber der elektrische Zaun als das Maul der Kuh.

Oder, wenn es wahr wäre, dass Sie der Verkäufer sind, der so geheimnisvolle Waren besitzt, dass Sie es ablehnen, sie offenzulegen, und ich kein Mittel habe, zu erraten, worum es sich handelt, und dass ich der Käufer bin mit einem so geheimnisvollen Wunsch, dass ich ihn selbst nicht kenne und ich, um mich zu vergewissern, dass ich ihn habe, an meiner Erinnerung kratzen müsste wie an einem Schorf, wenn Blut fließen soll, wenn das wahr ist, warum halten Sie sie weiter unter Verschluss, Ihre Waren, wo ich doch stehengeblieben bin, wo ich doch da bin und wo ich doch warte? Wie in einem dicken, versiegelten Sack, den Sie auf den Schultern tragen wie ein ungreifbares Gesetz der Schwerkraft, als ob es diese Waren nicht gäbe und als ob sie nur Bestand haben könnten, indem sie sich der Gestalt eines Wunsches anschmiegten; ähnlich den Schleppern vor den Stripteaselokalen, die einen am Ellbogen packen, wenn man nachts nach Hause geht, um zu schlafen, und die einem ins Ohr flüstern: heute Abend ist sie da. Wenn Sie sie mir hingegen zeigen würden, wenn Sie Ihr Angebot benennen würden, ob es nun erlaubte oder unerlaubte Dinge sind, aber benannt und somit zumindest beurteilbar, wenn Sie sie mir benennen würden, wüsste ich nein zu sagen, und ich würde mir nicht mehr vorkommen wie ein Baum, der von einem Wind geschüttelt wird, der von nirgendwoher weht und seine Wurzeln erbeben lässt. Denn ich kann nein sagen, und ich sage gerne nein, ich vermag Sie mit meinem Nein zu blenden und Ihnen alle Möglichkeiten vorzuführen, wie man nein sagen kann, die mit allen Möglichkeiten anfangen, wie man ja sagen kann, wie die gefallsüchtigen Mädchen, die alle Hemden und alle Schuhe anprobieren, um sich für keine Sache zu entscheiden, und die Lust, mit der sie alles anprobieren, besteht ausschließlich in dem Vergnügen, alles zurückgehen zu lassen. Entscheiden Sie sich; zeigen Sie sich; sind Sie der Raufbold, der über das Pflaster stampft, oder sind Sie ein Kaufmann? In diesem Fall legen Sie zuerst Ihre Ware aus, und man wird sich die Zeit nehmen, sie anzuschauen.

DER DEALER Eben weil ich ein Kaufmann sein will und kein Raufbold, sondern ein richtiger Kaufmann, sage ich Ihnen nicht, was ich besitze und was ich Ihnen anbiete, denn ich will keine Zurückwei-

sung erleiden, etwas, was jeder Kaufmann am meisten auf der Welt fürchtet, denn sie ist eine Waffe, über die er selber nicht verfügt. So habe ich nie gelernt, nein zu sagen, und ich will es nicht lernen; aber alle Arten von Ja kenne ich: ja, warten Sie ein bißchen; warten Sie lange, warten Sie mit mir hier eine Ewigkeit; ja, ich habe es, ich werde es bekommen, ich hatte es und werde es wieder bekommen, ich habe es nie gehabt, aber ich werde es für Sie bekommen. Und man käme zu mir und würde sagen: angenommen, wir hätten einen Wunsch, wir gäben ihn offen zu, und Sie hätten nichts, um ihn zu befriedigen? Dann werde ich sagen: ich habe das, womit er sich befriedigen lässt; wenn man mir sagt: stellen Sie sich jedoch einmal vor, Sie hätten es nicht? – Selbst in der Vorstellung habe ich es immer. Und man würde zu mir sagen: angenommen, dieser Wunsch sei letzten Endes solcher Art, dass Sie in keiner Weise auch nur den Gedanken haben möchten an das, womit er sich befriedigen lässt? Gut, selbst wenn ich es nicht möchte, dessen ungeachtet habe ich dennoch, was verlangt wird.
Doch je korrekter ein Verkäufer ist, desto teuflischer ist der Käufer; jeder Verkäufer sucht einen Wunsch zu befriedigen, den er noch nicht kennt, wohingegen der Käufer seinen Wunsch stets der vorrangigen Genugtuung unterordnet, das zurückzuweisen, was man ihm anbietet; so wird sein uneingestandener Wunsch angespornt durch die Zurückweisung, und er vergisst seinen Wunsch in der Lust, die es für ihn bedeutet, den Verkäufer zu demütigen. Aber ich gehöre nicht zum Schlag jener Kaufleute, die ihre Schilder umklappen, um die Lust der Kunden auf Wut und Empörung zu befrie-

digen. Ich bin nicht da, um Lust zu verschaffen, sondern um den Abgrund des Wunsches zuzuschütten, um den Wunsch wieder aufzurufen, um den Wunsch zu nötigen, einen Namen zu tragen, um ihn auf die Erde zu zerren, um ihm eine Form und ein Gewicht zu geben mit der Grausamkeit, die unweigerlich damit verbunden ist, dem Wunsch eine Form und ein Gewicht zu geben. Und weil ich Ihren Wunsch auftauchen sehe wie Speichel in Ihrem Mundwinkel, den Ihre Lippen hinunterschlucken, werde ich warten, bis er Ihnen das Kinn herunterläuft oder bis Sie ihn ausspucken, bevor ich Ihnen ein Taschentuch reiche, denn wenn ich es Ihnen zu früh reichte, weiß ich, dass Sie es zurückweisen würden, und das ist ein Leiden, das ich nicht erleiden will.

Denn das, was Mensch oder Tier fürchten zu dieser Stunde, in der der Mensch auf derselben Stufe geht wie das Tier und in der jedes Tier auf derselben Stufe geht wie jeder Mensch, ist nicht das Leiden, denn das Leiden lässt sich ermessen, und die Fähigkeit, Leiden zuzufügen und zu ertragen, lässt sich ermessen; das, was sie vor allem fürchten, ist die Fremdartigkeit des Leidens, dass es ihnen widerfährt, ein Leiden zu erdulden, das ihnen nicht vertraut ist. So rührt der Abstand, der für immer und alle Zeit fortbestehen wird zwischen den Raufbolden und den jungen Damen, die die Welt bevölkern, nicht aus der jeweiligen Einschätzung der Kräfte, weil die Welt dann sehr einfach nach Raufbolden und nach jungen Damen aufgeteilt wäre, jeder Raufbold würde sich auf jede junge Dame stürzen, und die Welt wäre einfach; sondern das, was den Raufbold von der jungen Dame fernhält und für alle Ewigkeiten

fernhalten wird, ist das unendliche Geheimnis und die unendliche Fremdheit der Waffen, wie jene kleinen Spraydosen, die sie in ihrer Handtasche tragen und deren flüssigen Inhalt sie den Raufbolden in die Augen sprühen, um sie zum Weinen zu bringen, und plötzlich sieht man, wie die Raufbolde vor den jungen Damen weinen, all ihre Würde dahin, nicht mehr Mensch, nicht mehr Tier, wie sie ein Nichts werden, nur Tränen der Scham auf der Erde eines Ackers. Darum misstrauen und fürchten die Raufbolde und die jungen Damen einander gleichermaßen, weil man nur die Leiden zufügt, die man selbst ertragen kann, und weil man nur die Leiden fürchtet, die man selber nicht zufügen kann.
Schlagen Sie es mir also, ich bitte Sie, nicht ab, das Ziel Ihres Fieberns, Ihres Blicks auf mich zu sagen, mir den Grund zu sagen; und wenn es sich darum handelt, nicht Ihre Würde zu verletzen, nun gut, sagen Sie ihn, wie man ihn einem Baum sagt oder vor der Mauer eines Gefängnisses oder in der Einsamkeit eines Baumwollfeldes, in dem man nachts nackt umhergeht; ich bitte Sie, ihn mir zu sagen, ohne mich dabei auch nur anzuschauen. Denn die einzige wirkliche Grausamkeit dieser Stunde der Dämmerung, in der wir beide uns befinden, besteht nicht darin, dass ein Mensch den anderen verletzt oder ihn verstümmelt oder ihn foltert oder ihm die Glieder oder den Kopf ausreißt oder ihn sogar zum Weinen bringt; die einzige und schreckliche Grausamkeit ist die des Menschen oder des Tieres, die den Menschen oder das Tier unvollendet macht, die ihn unterbricht wie Auslassungspunkte in der Mitte eines Satzes, die Grausamkeit, die sich von ihm abwendet, nachdem sie ihn angeblickt hat, die aus

dem Tier oder dem Menschen einen Fehlblick, ein Fehlurteil, einen Fehler macht, so etwas wie einen Brief, den man begonnen hat und dann unwirsch zusammenknüllt, sobald man das Datum hingeschrieben hat.

DER KUNDE Sie sind ein allzu seltsamer Räuber, der nichts stiehlt oder sich mit dem Stehlen allzu viel Zeit lässt, ein sonderbarer Dieb, der sich nachts in den Obstgarten schleicht, um die Bäume zu schütteln, und der sich davonmacht, ohne die Früchte aufzusammeln. Sie sind mit diesem Ort vertraut, und ich bin hier fremd; ich bin derjenige, der Angst hat und der zu Recht Angst hat; ich bin der, der Sie nicht kennt, der Sie nicht kennen kann, der lediglich Ihren Schattenriss in der Dunkelheit erahnt. Es war an Ihnen, etwas zu erraten, etwas zu benennen, und dann hätte ich vielleicht mit einer Kopfbewegung beigepflichtet, ein Zeichen hätte Ihnen Klarheit verschafft; aber ich will nicht, dass mein Wunsch für nichts ausgegossen wird wie Blut auf einer fremden Erde. Sie riskieren nichts; von mir kennen Sie die Unruhe und das Zögern und das Misstrauen; Sie wissen, woher ich komme und wohin ich gehe; Sie kennen diese Straßen, Sie kennen diese Stunde, Sie kennen Ihre Pläne; ich aber kenne nichts, und ich riskiere alles. Vor Ihnen ergeht es mir wie vor jenen Männern, die sich als Frauen kostümieren, die sich als Männer verkleiden, man weiß am Ende nicht mehr, wo das Geschlecht ist.

Denn Ihre Hand hat sich auf mich gelegt wie die des Räubers auf sein Opfer oder wie die des Gesetzes auf den Räuber, und seither leide ich, ahnungslos, ohne mein unentrinnbares Schicksal zu kennen, ohne zu wissen, ob ich verurteilt oder Mittäter bin, ich

leide darunter, nicht zu wissen, worunter ich leide, ich leide darunter, nicht zu wissen, welche Verletzung Sie mir zufügen und wo das Blut aus meinem Körper fließt. Vielleicht sind Sie in Wahrheit gar nicht seltsam, sondern gerissen; vielleicht sind Sie nur ein verkleideter Diener des Gesetzes, wie das Gesetz sie nach dem Bild des Räubers hervorbringt, um den Räuber zu jagen; vielleicht sind Sie letzten Endes gesetzestreuer als ich. Und dann ist es wegen nichts, durch Zufall, ohne dass ich etwas gesagt oder etwas gewollt hätte, weil ich nicht wusste, wer Sie sind, weil ich der Fremde bin, der die Sprache nicht kennt, nicht die Gebräuche, nicht das, was hier verpönt oder üblich ist, weder Vorderseite noch Rückseite, und der handelt wie ein Geblendeter, Verirrter, dann ist es, als hätte ich etwas von Ihnen verlangt, als hätte ich von Ihnen das denkbar Schlimmste verlangt und was verlangt zu haben meine Schuld ausmachen wird. Ein Wunsch ist wie Blut zu Ihren Füßen aus mir hervorgeronnen, ein Wunsch, den ich nicht kenne und nicht anerkenne, den Sie als einziger kennen und über den Sie zu Gericht sitzen.
Wenn dem so ist, wenn Sie mit der verdächtigen Eilfertigkeit des Verräters versuchen, mich zur Entscheidung zu zwingen, mit Ihnen oder gegen Sie zu handeln, damit ich mich in jedem Falle schuldig mache, wenn das zutrifft, dann gestehen Sie zumindest ein, dass ich noch nicht gehandelt habe, weder für Sie noch gegen Sie, dass man mir noch nichts vorwerfen kann, dass ich bis zu diesem Augenblick unbescholten geblieben bin. Sagen Sie für mich aus, dass ich mich nicht wohlgefühlt habe in der Dunkelheit, in der Sie mich angehalten haben, dass ich

nur stehengeblieben bin, weil Sie Ihre Hand auf mich gelegt haben; sagen Sie für mich aus, dass ich nach Licht gerufen habe, dass ich mich nicht in die Dunkelheit geschlichen habe wie ein Räuber, aus freien Stücken und mit unerlaubten Absichten, sondern dass ich darin überrascht wurde und dass ich geschrieen habe wie ein Kind in seinem Bett, dem plötzlich die Nachttischlampe ausgeht.

DER DEALER Wenn Sie glauben, ich hege Ihnen gegenüber die Absicht zur Gewalttätigkeit – und vielleicht haben Sie Recht –, dann ordnen Sie dieser Gewalttätigkeit nicht vorschnell eine Gattung oder einen Namen zu. Sie sind mit der Auffassung geboren, das Geschlecht eines Menschen verberge sich an einem ganz bestimmten Ort und dort bleibe es, und Sie behalten diese Auffassung sorgsam bei; ich indessen weiß – obwohl ich auf dieselbe Art geboren wurde wie Sie –, dass das Geschlecht eines Menschen im Laufe der Zeit, die er damit verbringt, zu warten, zu vergessen und alleine in der Einsamkeit zu sitzen, sich sachte von einem Ort zum andern verschiebt, nie an einem ganz bestimmten Ort verborgen, sondern dort sichtbar, wo man nicht danach sucht; und dass kein Geschlecht, wenn die Zeit verstrichen ist, in der der Mensch gelernt hat, sich hinzusetzen und sich ungestört in seiner Einsamkeit auszuruhen, einem anderen Geschlecht ähnelt, ebensowenig wie ein männliches Geschlecht einem weiblichen Geschlecht ähnelt; dass es für eine Sache wie diese keine Verkleidung gibt, sondern nur ein sanftes Zögern der Dinge wie in den Übergangszeiten, die kein als Winter verkleideter Sommer und kein als Sommer verkleideter Winter sind.

Doch eine Vermutung verdient nicht, dass man ihretwegen den Kopf verliert; mit seiner Phantasie muss man es machen wie mit seiner Freundin: wenn es auch gut ist, sie umherziehen zu sehen, so ist es doch töricht, sie den Sinn für das Schickliche verlieren zu lassen. Ich bin nicht gerissen, sondern neugierig; aus reiner Neugier hatte ich die Hand auf Ihren Arm gelegt, weil ich wissen wollte, ob einem Fleisch, das so aussieht wie das Fleisch eines gerupften Huhns, die Wärme des lebenden Huhns oder die Kälte des toten Huhns entspricht, und jetzt weiß ich es. Sie leiden – das sage ich ohne verletzende Absicht – unter der Kälte wie das halb gerupfte, lebende Huhn, wie das im genauen Wortsinn von Federausfallgrind befallene Huhn; und als ich klein war, rannte ich im Hühnerstall hinter ihnen her, um sie zu betasten und um aus reiner Neugier herauszufinden, ob ihre Temperatur die des Todes oder die des Lebens war. Heute, als ich Sie berührte, habe ich in Ihnen die Kälte des Todes gefühlt, aber ich habe auch das Leiden unter der Kälte gefühlt, so wie nur ein Lebender leiden kann. Darum habe ich Ihnen meine Jacke gereicht, um Ihre Schultern zu bedecken, da ich nicht unter der Kälte leide. Und ich habe nie unter ihr gelitten, und zwar so wenig, dass ich darunter gelitten habe, dieses Leiden nicht zu kennen, so sehr, dass der einzige Traum, den ich hatte, als ich klein war – einer dieser Träume, die kein Blick ins Offene sind, sondern ein zusätzliches Gefängnis, die der Augenblick sind, da das Kind die Gitterstäbe seines ersten Gefängnisses wahrnimmt, wie diejenigen, die als Sklaven geboren sind, davon träumen, sie seien Herrensöhne –, mein Traum war es, den Schnee und den Frost kennenzulernen, die Kälte kennenzulernen, unter der Sie leiden.

Wenn ich Ihnen nur meine Jacke geliehen habe, dann nicht deswegen, weil ich nicht wüsste, dass Sie nicht nur am Oberkörper unter der Kälte leiden, sondern – und das sage ich ohne verletzende Absicht – von Kopf bis Fuß und vielleicht sogar noch ein bisschen darüber hinaus; und ich für meinen Teil wäre immer davon ausgegangen, dass man demjenigen, der gegen Kälte empfindlich ist, dasjenige Kleidungsstück abtreten muss, das der Stelle entspricht, an der ihn friert, auf die Gefahr hin, selber nackt dazustehen von Kopf bis Fuß und vielleicht noch ein bisschen darüber hinaus; doch meine Mutter, die keineswegs geizig war, aber Sinn für das Schickliche besaß, hat mir gesagt, es sei zwar löblich, sein Hemd oder seine Jacke oder jede sonstige Bedeckung des Oberkörpers herzugeben, doch müsse man jeweils lange zögern, bevor man seine Schuhe hergibt, und in keinem Fall sei es schicklich, seine Hose abzutreten.

Nun versuche ich, ebenso wie ich weiß – ohne dass ich sagen könnte, warum, doch weiß ich es mit absoluter Gewissheit –, dass die Erde, auf der wir, Sie und ich und die anderen, stehen, selber im Gleichgewicht auf dem Horn eines Stiers ruht und von der Hand der Vorsehung in dieser Stellung gehalten wird, ohne genau zu wissen, warum, doch ohne Zögern, innerhalb der Grenzen des Schicklichen zu bleiben, indem ich das Unschickliche meide, wie ein Kind es vermeiden muss, sich über den Rand des Daches zu beugen, noch bevor es das Fallgesetz begreift. Und ebenso, wie das Kind glaubt, man verbiete ihm, sich über den Rand des Daches zu

beugen, um es am Fliegen zu hindern, ebenso habe ich lange geglaubt, man verbiete einem Jungen, seine Hose herzugeben, um ihn daran zu hindern, den Überschwang oder die Trägheit seiner Gefühle zu enthüllen. Doch heute, wo ich mehr Dinge begreife, wo ich mehr Dinge erkenne, die ich nicht begreife, wo ich so lange Zeit an diesem Ort und in dieser Stunde geblieben bin, wo ich soviele Passanten habe vorübergehen sehen, wo ich sie angeschaut und ihnen manchmal die Hand auf den Arm gelegt habe, so viele Male, ohne etwas zu begreifen und ohne etwas begreifen zu wollen, doch ohne deshalb darauf zu verzichten, sie anzuschauen und zu versuchen, die Hand auf ihren Arm zu legen – denn es ist leichter, einen Menschen, der vorübergeht, zu fangen, als ein Huhn im Hühnerstall –, weiß ich genau, dass es weder im Überschwang noch in der Trägheit etwas Unschickliches gibt, was es zu verbergen gälte, und dass man die Regel befolgen muss, ohne zu wissen, warum.
Darüber hinaus – und das sage ich ohne verletzende Absicht – hoffte ich, indem ich Ihre Schultern mit meiner Jacke bedeckte, Ihren Anblick für meine Augen vertrauter zu machen. Bei allzu viel Fremdheit kann ich schüchtern werden, und als ich Sie eben auf mich zukommen sah, habe ich mich gefragt, warum ein Mensch, der nicht krank ist, sich kleidet wie ein Huhn, das Grind hat und seine Federn verliert und weiter im Hühnerstall herumläuft mit ein paar Federn hie und da, die ihm die Krankheit noch gelassen hat; und aus Schüchternheit hätte ich mich ohne Zweifel damit begnügt, mich am Schädel zu kratzen und einen Umweg um Sie zu machen, wenn ich nicht in Ihrem starr auf mich ge-

richteten Blick das Leuchten desjenigen gesehen hätte, der im strengen Sinn des Wortes nach etwas verlangen wird, und dieses Leuchten hat mich von Ihrem Aufzug abgelenkt.

DER KUNDE Welchen Gewinn glauben Sie aus mir herausschlagen zu können? Jede Bewegung, die ich als Hieb auffasse, entpuppt sich als Streicheln; es ist beunruhigend, gestreichelt zu werden, wenn man geschlagen werden sollte. Ich verlange, dass Sie zumindest auf der Hut sind, wenn Sie wollen, dass ich mich noch länger aufhalte. Da Sie es zufällig darauf abgesehen haben, mir etwas zu verkaufen, warum zweifeln Sie nicht zunächst einmal daran, dass ich es auch bezahlen kann? Meine Taschen sind vielleicht leer; es wäre angemessen gewesen, mich zuerst aufzufordern, mein Geld auf den Tisch zu legen, wie man es bei zweifelhaften Kunden tut. Sie haben nichts dergleichen von mir verlangt; welche Lust bereitet Ihnen das Risiko, getäuscht zu werden? Ich bin nicht an diesen Ort gekommen, um Sanftmut anzutreffen; die Sanftmut ist etwas für Kleingewerbetreibende, sie geht stückweise an die Dinge heran, sie zerstückelt die Kräfte wie eine Leiche im Anatomiesaal. Ich bin auf meine Unversehrtheit angewiesen; die Feindseligkeit wird mich zumindest unangetastet lassen. Ärgern Sie sich, woraus sonst soll ich meine Kraft schöpfen? Ärgern Sie sich; wir bleiben näher an unseren Geschäften, und wir werden sicher sein, dass wir beide dasselbe Geschäft meinen. Denn wenn ich auch begreife, woraus ich meine Lust gewinne, so begreife ich doch nicht, woraus Sie die Ihre gewinnen.

DER DEALER Wenn ich einen Augenblick daran gezweifelt hätte, dass Sie imstande sind, das zu bezahlen, wonach Sie hier suchen, dann hätte ich einen Umweg eingeschlagen, als Sie an mich herangetreten sind. Die gewöhnlichen Läden verlangen von ihren Kunden den Nachweis der Zahlungsfähigkeit, doch die Luxusgeschäfte haben Gespür und stellen keine Fragen, sie lassen sich nie so weit herab, den Betrag des Schecks und die Richtigkeit der Unterschrift zu überprüfen. Manche Gegenstände des Kaufs und des Verkaufs sind von der Art, dass sich die Frage erübrigt, ob der Käufer in der Lage sein wird, den Preis dafür aufzubringen, oder wie lange er braucht, um sich zu entscheiden. Dementsprechend bin ich geduldig, denn man beleidigt niemanden, der davongeht, wenn man weiß, dass er wieder zurückkommen wird. Eine Beleidigung lässt sich nicht rückgängig machen, aber die eigene Freundlichkeit lässt sich sehr wohl rückgängig machen, und lieber ist man zu oft freundlich als nur ein einziges Mal beleidigend. Darum werde ich mich noch nicht ärgern, weil ich die Zeit habe, mich nicht zu ärgern, und ich die Zeit habe, mich zu ärgern, und weil ich mich vielleicht dann ärgern werde, wenn diese ganze Zeit verstrichen ist.

DER KUNDE Und wenn ich – rein hypothetisch – zugäbe, dass ich – völlig lustlos – nur darum Anmaßung an den Tag gelegt habe, weil Sie mich gebeten haben, sie an den Tag zu legen, als Sie an mich herangetreten sind in irgendeiner Absicht, die ich noch nicht errate – denn ich bin zum Raten nicht begabt – und die mich dennoch hier festhält? Wenn ich Ihnen rein hypothetisch sagen würde, das, was mich hier zurückhält, sei die Ungewissheit, in der ich mich bezüglich Ihrer Absichten befinde, und der Reiz, der für mich darin liegt? In der Befremdlichkeit der Stunde und der Befremdlichkeit des Ortes und der Befremdlichkeit Ihrer Annäherung an mich hätte ich mich Ihnen genähert, getrieben von jener Bewegung, die jeglichem Ding unzerstörbar innewohnt, solange ihm nicht eine entgegengesetzte Bewegung aufgeprägt wird. Und wenn ich aus Trägheit an Sie herangetreten wäre? Hinabgezogen nicht von meinem eigenen Willen, sondern von jener Faszination, die Königssöhne empfinden, die sich in Gasthäusern mit dem Pöbel gemein machen wollen, oder das Kind, das heimlich in den Keller hinuntergeht, von der Faszination des winzigen, isolierten Gegenstandes durch den dunklen, undurchdringlichen Block im Schatten; ich wäre auf Sie zugekommen, hätte ruhig die Behäbigkeit im Pochen des Blutes in meinen Adern an der Frage gemessen, ob diese Behäbigkeit aufgepeitscht oder völlig zum Versiegen gebracht werden würde; langsam vielleicht, aber voller Hoffnung, bar jedes benennbaren Wunsches, bereit, mich mit dem zu begnügen, was man mir anbieten würde, denn was auch immer man mir anbieten würde, es wäre gewesen wie bei der Furche eines allzu lange brachliegenden Ackers, sie macht keinen Unterschied zwischen den Saatkörnern, die auf sie fallen; bereit, mich mit allem zu begnügen, hätte ich in der Befremdlichkeit unserer Annäherung von ferne geglaubt, Sie würden an mich herantreten, von ferne hätte ich den Eindruck gehabt, dass Sie mich anschauten; daraufhin wäre ich an Sie herangetreten, ich hätte Sie angeschaut, ich wäre bei Ihnen gewesen, erwartet hätte ich von Ihnen zu viele Dinge, zu viele Dinge, nicht dass Sie sie erraten hätten, denn ich kann es selber nicht, ich kann selber nicht raten, aber ich erwartete von Ihnen sowohl die Lust am Wünschen als auch die Vorstellung eines Wunsches, den Gegenstand, den Preis und die Erfüllung.

DER DEALER Es liegt nichts Beschämendes darin, am Abend das zu vergessen, woran man sich am Morgen erinnern wird; der Abend ist der Augenblick des Vergessens, der Verwirrung, des Wunsches, der so aufgeheizt ist, dass er zu Dampf wird. Jedoch der Morgen liest ihn auf wie eine große Wolke über dem Bett, und es wäre töricht, am Abend den morgendlichen Regen nicht vorherzusehen. Wenn Sie mir also rein hypothetisch sagen würden, dass Sie – aus Müdigkeit oder aus Vergesslichkeit oder in einem Übermaß des Wunsches, das zur Vergesslichkeit führt – ohne jeden nennbaren Wunsch sind, dann würde ich Ihnen als Gegenhypothese sagen, sich nicht weiter abzumühen und sich den Wunsch jemandes anderen auszuleihen. Einen Wunsch stiehlt man, doch man erfindet ihn nicht; nun hält die Jacke eines Mannes genauso warm, wenn sie von einem anderen getragen wird, und ein Wunsch lässt sich leichter ausleihen als ein Kleidungsstück. Da ich um jeden Preis verkaufen und da Sie um jeden Preis kaufen müssen, nun gut, dann kaufen Sie für andere als für sich selbst – jeder beliebige Wunsch, der sich frei herumtreibt und den Sie auflesen, ist dazu gut genug –, zum Beispiel um dem Wesen eine Freude und eine Genugtuung zu bereiten, das morgens neben Ihnen in Ihrem Bett aufwacht, einer Braut, die sich beim Erwachen etwas wünschen wird, was Sie noch nicht haben, was Sie ihr mit Freude schenken möchten und über dessen Besitz Sie glücklich sein werden, weil Sie es mir abgekauft haben. Es ist das Glück des Kaufmanns, dass es soviele verschiedene Personen gibt, die soviele Male auf soviele verschiedene Arten mit soviel verschiedenen Wesen und Dingen verlobt sind, denn das Gedächtnis der einen wird abgelöst von dem Gedächtnis der anderen. Und die Ware, die Sie mir abkaufen, kann sehr wohl irgendjemand anderem nützlich sein, wenn Sie – rein hypothetisch – keine Verwendung dafür haben sollten.

DER KUNDE Die Regel besagt, dass ein Mann, der einem anderen Mann begegnet, ihm am Ende immer auf die Schulter klopft und mit ihm über Frauen spricht; die Regel besagt, dass die Erinnerung an die Frau die letzte Zuflucht der abgekämpften Soldaten bildet; das besagt die Regel, Ihre Regel; ich werde mich ihr nicht unterwerfen. Ich will nicht, dass wir unseren Frieden in der Abwesenheit der Frau finden oder in der Erinnerung an eine Abwesenheit oder in der Erinnerung an irgend etwas überhaupt. Die Erinnerungen widern mich an und die Abwesenden ebenfalls; lieber als die verdaute Nahrung sind mir die Speisen, die noch unangetastet sind. Ich will keinen Frieden von irgendwoher; ich will nicht, dass wir den Frieden finden.

Doch der Blick des Hundes enthält nichts anderes als die Unterstellung, dass alles um ihn her ganz offensichtlich Hund ist. So behaupten Sie, die Welt, auf der wir, Sie und ich, uns befinden, werde durch die Hand der Vorsehung auf der Spitze des Horns eines Stiers gehalten; ich hingegen weiß, dass sie auf dem Rücken dreier Wale schwebt; dass es weder Vorsehung noch Gleichgewicht gibt, sondern nur die Laune dreier stumpfsinniger Ungeheuer. Unsere Welten sind also nicht dieselben, und unsere Fremdheit ist mit unserer Natur vermischt wie die

Traube mit dem Wein. Nein, ich werde vor Ihnen, an der gleichen Stelle wie Sie, nicht die Pfote hochnehmen; ich unterliege nicht derselben Schwerkraft wie Sie; ich entstamme nicht demselben Weib. Denn nicht am Morgen wache ich auf, und nicht auf einem Lager schlafe ich.

DER DEALER Ärgern Sie sich nicht, Väterchen, ärgern Sie sich nicht. Ich bin nur ein armer Verkäufer, der nur dieses Gelände kennt, auf dem ich warte, um etwas zu verkaufen, der nur das kennt, was seine Mutter ihm beigebracht hat; und da sie nichts oder fast nichts wusste, weiß auch ich nichts oder fast nichts. Aber ein guter Verkäufer versucht, das zu sagen, was der Käufer hören will, und um zu versuchen, das zu erraten, muss man schon ein bisschen an ihm lecken, um seinen Geruch wiederzuerkennen. Ihr Geruch war mir nicht vertraut, wir sind in der Tat nicht aus derselben Mutter gekommen. Doch damit ich an Sie herantreten konnte, habe ich unterstellt, auch Sie seien so wie ich aus einer Mutter gekommen, unterstellt, Ihre Mutter habe Ihnen wie mir Brüder gemacht in unermesslicher Anzahl wie ein Schluckauf nach einem reichlichen Mahl, und was uns auf alle Fälle einander nahebrächte, sei das Fehlen von Seltenheit, das uns beide kennzeichnet. Und ich habe mich zumindest an diese unsere eine Gemeinsamkeit festgeklammert, denn man kann lange durch die Wüste reisen, wenn man nur irgendwo ein Standquartier hat. Doch wenn ich mich getäuscht habe, wenn Sie nicht aus einer Mutter hervorgekommen sind und wenn niemand Ihnen Brüder gemacht hat, wenn Sie keine Braut haben, die morgens mit Ihnen im Bett aufwacht, Väterchen, dann bitte ich um Verzeihung.

Zwei Männer, deren Wege sich kreuzen, haben keine andere Wahl, als sich zu schlagen mit der Gewalttätigkeit des Feindes oder mit der Sanftmut der Brüderlichkeit. Und wenn Sie sich in der Wüste dieser Stunde schließlich dafür entscheiden, das wachzurufen, was nicht da ist, es wachzurufen aus der Vergangenheit oder aus dem Traum oder aus dem Mangel, dann darum, weil man einer allzu großen Fremdheit nicht unmittelbar gegenübertritt. Vor dem Geheimnis ziemt es sich, sich zu öffnen und sich ganz zu enthüllen, um das Geheimnis zu zwingen, sich seinerseits zu enthüllen. Die Erinnerungen sind die geheimen Waffen, die der Mensch anbehält, wenn er entblößt ist, die letzte Offenheit, die zur Erwiderung der Offenheit nötigt; sind die allerletzte Nacktheit. Ich gewinne dem, was ich bin, weder Stolz noch Beschämung ab, sondern weil Sie mir unbekannt sind und mit jedem Augenblick unbekannter, nun gut, wie meine Jacke, die ich mir ausgezogen habe und die ich Ihnen gereicht habe, wie meine Hände, die ich Ihnen waffenlos gezeigt habe, ob ich nun ein Hund bin und Sie ein Mensch sind, oder ob ich nun ein Mensch bin und Sie etwas anderes sind, welcher Abstammung auch immer ich bin und welcher Abstammung auch immer Sie sind, zeige ich meine zumindest offen Ihrem Blick, ich lasse Sie sie anfassen, mich abtasten und sich an mich gewöhnen, wie ein Mann sich durchsuchen lässt, um seine Waffen nicht zu verbergen.
Darum mache ich Ihnen besonnen, ernst, ruhig den Vorschlag, mich mit Freundschaft zu betrachten, denn man macht bessere Geschäfte im Schutz der Vertrautheit. Ich lege es nicht darauf an, Sie zu hintergehen, und verlange nichts, was Sie nicht geben

möchten. Die einzige Kameradschaft, die es lohnt, dass man sich darauf einlässt, beinhaltet nicht, dass man auf eine bestimmte Weise handelt, sondern dass man nicht handelt; ich biete Ihnen die Reglosigkeit, die unendliche Geduld und die blinde Ungerechtigkeit des Freundes. Denn es gibt keine Gerechtigkeit zwischen denen, die sich nicht kennen, und es gibt keine Freundschaft zwischen denen, die sich kennen, genausowenig wie es eine Brücke gibt ohne Schlucht. Meine Mutter hat mir immer gesagt, es sei töricht, einen Regenschirm abzulehnen, wenn man weiß, dass es regnen wird.

DER KUNDE In Ihrer Gerissenheit wären Sie mir lieber als in Ihrer Freundlichkeit. Die Freundschaft ist kleinkrämerischer als der Verrat. Wenn es Gefühl gewesen wäre, was ich brauchte, dann hätte ich es Ihnen gesagt, ich hätte Sie nach seinem Preis gefragt, und ich hätte ihn bezahlt. Aber Gefühle lassen sich nur gegen ihresgleichen eintauschen; es ist ein falscher Handel mit falschem Geld, ein Kuhhandel, der den Handel nachäfft. Tauscht man einen Sack Reis gegen einen Sack Reis? Sie haben mir nichts anzubieten, darum stülpen Sie Ihre Gefühle auf die Theke, so wie schlechte Läden ihren Schund im Preis herabsetzen, und nachher hat man keine Möglichkeit mehr, sich über die Ware zu beklagen. Ich habe Ihnen kein Gefühl zum Tausch zu geben; über diese Währung verfüge ich nicht, ich habe nicht daran gedacht, sie mitzubringen, Sie können mich durchsuchen. Behalten Sie also Ihre Hand in Ihrer Tasche, behalten Sie Ihre Mutter in Ihrer Familie, behalten Sie Ihre Erinnerungen in Ihrer Einsamkeit, das ist das Mindeste.

Nie und nimmer möchte ich diese Vertraulichkeit,

die Sie heimlich zwischen uns herzustellen versuchen. Ich habe Ihre Hand auf meinem Arm nicht gewollt, ich habe Ihre Jacke nicht gewollt, ich will nicht das Risiko eingehen, mit Ihnen verwechselt zu werden. Denn Sie sollen wissen, wenn Sie eben über meine Kleidung überrascht waren und es für gut befunden haben, Ihre Überraschung nicht zu verbergen, so war meine eigene Überraschung zumindest ebenso groß, als ich Sie an mich herantreten sah. Aber auf fremdem Terrain wird es dem Fremden zur Gewohnheit, seine Verblüffung zu tarnen, weil er in jeder Absonderlichkeit eine Landessitte vermutet, und er muss sich daran anpassen wie an das Klima oder an die regionale Küche. Doch wenn ich Sie zu den Meinen führen würde, wenn Sie der Fremde wären, der dazu gezwungen ist, seine Verblüffung zu verbergen, und wir die Einheimischen, die sie frei äußern könnten, dann würde man Sie umringen und mit dem Finger auf Sie zeigen, man hielte Sie ganz sicher für eine Jahrmarktsattraktion, und man würde mich fragen, wo es die Eintrittskarten zu kaufen gibt.
Sie sind nicht hier, um Geschäfte zu machen. Eher hängen Sie hier herum, zum Betteln oder zum Diebstahl, der auf das Betteln folgt wie der Krieg auf die Unterhandlungen. Sie sind nicht hier, um Wünsche zu erfüllen. Denn Wünsche hatte ich, sie sind um uns zu Boden gefallen, man hat sie mit Füßen getreten; große, kleine, komplizierte, einfache, Sie hätten sich nur zu bücken brauchen, um Sie mit offenen Händen einzusammeln; doch Sie haben sie in die Gosse rollen lassen, weil Sie selbst die kleinen, selbst die einfachen nicht erfüllen konnten. Sie sind arm, und Sie sind hier nicht aus Lust, sondern

aus Armut, Not, und Unwissenheit. Ich tue nicht so, als wollte ich fromme Bildchen kaufen oder für die armseligen Akkorde einer Gitarre an der Straßenecke bezahlen. Ich gebe Almosen, wenn ich Almosen geben will, oder ich bezahle, was die Dinge kosten. Doch die Bettler sollen betteln, sie sollen sich getrauen, ihre Hand aufzuhalten, und die Diebe sollen stehlen.
Ich will Sie weder beleidigen noch Ihnen nach dem Mund reden; ich will weder gut noch böse sein, weder schlagen noch geschlagen werden, weder verführen, noch dass Sie mich verführen. Ich will Null sein. Ich scheue die Herzlichkeit, ich bin zur Kumpelei nicht berufen, und mehr als die Gewalttätigkeit der Schläge fürchte ich die der Verbrüderung. Seien wir zwei runde, für einander undurchdringliche Nullen, die sich für eine Zeitlang gegenüberstehen und von denen jede in ihre eigene Richtung rollt. So sind wir allein, in der unendlichen Einsamkeit dieser Stunde und dieses Ortes, die keine bestimmbare Stunde und kein bestimmbarer Ort sind, weil es keinen Grund gibt, weswegen ich Ihnen darin begegne, und keinen Grund, warum Sie darin meinen Weg kreuzen, und keinen Grund zur Herzlichkeit und keine vernünftige Ziffer, die uns voraufgehen und uns einen Sinn geben könnte, seien wir einfache, einzelgängerische, stolze Nullen.

DER DEALER Aber jetzt ist es zu spät: die Rechnung ist aufgemacht und muss beglichen werden. Es ist gerecht, den zu bestehlen, der nichts abgeben will und missgünstig alles zu seinem einsamen Vergnügen in seinen Truhen hamstert, doch es zeugt von Gemeinheit, zu stehlen, wenn alles zu kaufen und zu verkaufen ist. Und wenn es auch vorübergehend

schicklich ist, jemandes Schuldner zu sein – das bedeutet nur, dass ein gerechter Aufschub gewährt wird –, so ist es unanständig, etwas zu verschenken, und unanständig, darin einzuwilligen, dass man etwas umsonst bekommt. Wir haben uns hier eingefunden zum Geschäft und nicht zum Kampf, es wäre also nicht gerecht, wenn es einen Verlierer und einen Gewinner gäbe. Sie werden nicht mit vollen Taschen weggehen wie ein Dieb, Sie vergessen den Hund, der die Straße bewacht und Sie in den Arsch beißen wird.
Da Sie hierher gekommen sind, mitten in die Feindseligkeit der aufgebrachten Menschen und Tiere, um nichts Greifbares zu suchen, da Sie aus einem dunklen, mir unerfindlichen Grund verprügelt werden wollen, werden Sie, bevor Sie den Rücken kehren, bezahlen und Ihre Taschen leeren müssen, damit keiner dem anderen etwas schuldet und keiner dem anderen etwas gegeben hat. Seien Sie auf der Hut vor dem Händler: der Händler, den man bestiehlt, ist noch stärker auf sein Recht erpicht als der Besitzer, den man ausraubt; seien Sie auf der Hut vor dem Händler: sein Wort erweckt den Anschein von Ehrerbietung und Sanftmut, den Anschein von Demut, den Anschein von Liebe, nur den Anschein.

DER KUNDE Was haben Sie denn verloren und ich nicht gewonnen? Denn ich kann mein Gedächtnis noch so anstrengen, ich habe nichts gewonnen. Ich bin bereit, zu zahlen, was die Dinge kosten; aber ich zahle nicht für den Wind, die Dunkelheit, das Nichts, das zwischen uns ist. Wenn Sie etwas verloren haben, wenn Ihr Besitzstand geringer ist, nachdem Sie mich getroffen haben, als er es vorher war, wohin ist dann das verschwunden, was uns beiden fehlt? Zeigen Sie es mir. Nein, ich habe nichts genossen, nein, ich werde nichts bezahlen.

DER DEALER Wenn Sie wissen wollen, was von Anfang an auf Ihrer Rechnung stand und was Sie mir werden bezahlen müssen, bevor Sie mir den Rücken kehren, so werde ich Ihnen sagen, das sei das Warten und die Geduld und der Dienst, den der Verkäufer dem Kunden leistet, und die Hoffnung auf Verkauf, vor allem die Hoffnung, die aus jedem Menschen, der sich jedwedem Menschen mit einer Frage im Blick nähert, bereits einen Schuldner macht. Aus jedem Verkaufsversprechen folgt das Versprechen zu kaufen, und der, der das Versprechen bricht, muss Abstand zahlen.

DER KUNDE Wir, Sie und ich, sind nicht mutterseelenallein inmitten der Felder. Wenn ich nach dieser Seite rufen würde, in Richtung auf jene Mauer, dort oben, gen Himmel, dann würden Sie sehen, wie Lichter aufleuchten, wie Schritte sich nähern, wie Hilfe kommt. Wenn es schwer fällt, alleine zu hassen, so wird es zu mehreren ein Vergnügen. Sie vergreifen sich eher an Männern als an Frauen, weil Sie den Schrei der Frauen fürchten, und Sie vermuten, jeder Mann werde es unter seiner Würde finden, zu schreien; Sie zählen auf die Würde, die Eitelkeit, die Stummheit der Männer. Diese Würde schenke ich Ihnen. Wenn Sie mir Böses wollen, werde ich rufen, ich werde schreien, ich werde um Hilfe bitten, ich werde Sie jede Art von Hilferuf hören lassen, denn ich kenne sie alle.

DER DEALER Wenn es nicht das Unehrenhafte der Flucht ist, was Sie am Fliehen hindert, warum fliehen Sie nicht? Die Flucht ist ein raffiniertes Kampfmittel; Sie sind raffiniert; Sie sollten fliehen. Sie sind wie die dicken Damen in den vornehmen Cafés, die sich zwischen den Tischen hindurchquetschen und dabei Kaffeekannen umstoßen: Sie ziehen Ihren Arsch hinter sich her wie eine Sünde, die Ihnen Gewissensbisse bereitet, und Sie drehen sich in alle Richtungen, um den Eindruck zu erwecken, Ihren Arsch gäbe es nicht. Aber Sie können sich noch so anstrengen, er wird trotzdem gebissen.

DER KUNDE Ich gehöre nicht zum Schlage derer, die als erste angreifen. Ich brauche Zeit. Letzten Endes wäre es vielleicht besser, uns gegenseitig die Läuse zu fangen als uns zu beißen. Ich brauche Zeit. Ich will nicht verunglücken wie ein unachtsamer Hund. Kommen Sie mit mir; gehen wir hin, wo Leute sind, denn die Einsamkeit ermüdet uns.

DER DEALER Da ist diese Jacke, die Sie nicht genommen haben, als ich Sie Ihnen gereicht habe, und jetzt werden Sie sich wohl bücken müssen, um Sie aufzuheben.

DER KUNDE Wenn ich indessen auf etwas ausgespuckt habe, dann habe ich auf allgemeine Dinge gespuckt und auf ein Stück Stoff, das lediglich ein Kleidungsstück ist; und wenn es in Ihre Richtung ging, so ging es doch nicht gegen Sie, und Sie mussten keine Bewegung machen, um der Spucke auszuweichen; und wenn Sie eine Bewegung machen, um sie ins Gesicht zu bekommen, aus Lust, aus krankhafter Neigung oder aus Berechnung, so bleibt doch die Tatsache, dass ich nur diesem Stück Stoff ein wenig Verachtung bezeigt habe, und ein Stück Stoff fordert keine Rechenschaft. Nein, ich werde vor Ihnen nicht den Rücken beugen, das ist unmöglich, ich bin nicht so gelenkig wie eine Jahrmarktsattraktion.

Es gibt Bewegungen, zu denen der Mensch nicht fähig ist, zum Beispiel kann er sich nicht selbst am Arsch lecken. Ich werde nicht für eine Versuchung zahlen, die ich nicht hatte.

DER DEALER Es ziemt sich nicht für einen Mann, seine Kleidung beleidigen zu lassen. Denn wenn die eigentliche Ungerechtigkeit dieser Welt die des Zufalls der Geburt eines Menschen ist, des Zufalls des Ortes und der Stunde, dann ist die einzige Gerechtigkeit seine Tracht. Die Kleidung ist einem Menschen noch heiliger als er sich selbst: sein Selbst, das nicht leidet; der Punkt des Gleichgewichts, in dem die Gerechtigkeit der Ungerechtigkeit die Waage hält, und diesen Punkt darf man nicht missachten. Darum muss man einen Menschen nach seiner Kleidung beurteilen und nicht nach seinem Gesicht oder nach seinen Armen oder seiner Haut. Wenn es normal ist, auf die Geburt eines Menschen zu spucken, so ist es gefährlich, auf seine Auflehnung zu spucken.

DER KUNDE Nun gut, ich schlage Ihnen Gleichheit vor. Eine Jacke im Staub zahle ich mit einer Jacke im Staub. Seien wir gleich, gleich an Stolz, gleich an Ohnmacht, gleich waffenlos, gleichermaßen leidend unter Kälte und Hitze. Ihre halbe Nacktheit, Ihre halbe Demütigung zahle ich mit der Hälfte der meinen. Es bleibt uns die zweite Hälfte übrig, das reicht bei weitem aus, dass wir es wagen können, einander anzuschauen und zu vergessen, was wir beide aus Unachtsamkeit, im Wagnis, in der Hoffnung, in der Zerstreutheit, durch Zufall verloren haben. Mir verbleibt darüber hinaus die fortdauernde Unruhe des Schuldners, der schon bezahlt hat.

DER DEALER Warum haben Sie das, wonach Sie abstrakt, ungreifbar fragen in dieser Stunde der Nacht, warum haben Sie das, wonach Sie einen anderen gefragt hätten, nicht mich gefragt?

DER KUNDE Seien Sie auf der Hut vor dem Kunden: er gibt sich den Anschein, nach einer Sache zu suchen, während er eine andere will, von der der Verkäufer nichts ahnt und die er schließlich bekommen wird.

DER DEALER Wenn Sie fliehen würden, würde ich Sie verfolgen; wenn Sie unter meinen Schlägen zu Boden gehen würden, würde ich bei Ihnen bleiben, bis Sie aufwachen; und wenn Sie sich entscheiden würden, nicht aufzuwachen, würde ich an Ihrer Seite bleiben, in Ihrem Schlaf, in Ihrer Bewusstlosigkeit und darüber hinaus. Dennoch wünsche ich nicht, mich mit Ihnen zu schlagen.

DER KUNDE Ich habe keine Angst davor, mich zu schlagen, aber ich fürchte die Regeln, die ich nicht kenne.

DER DEALER Es gibt keine Regel; es gibt nur Mittel; es gibt nur Waffen.

DER KUNDE Versuchen Sie, mich zu treffen, es wird Ihnen nicht gelingen; versuchen Sie, mich zu verwunden: wenn das Blut fließen würde, nun, dann wäre es auf beiden Seiten, und unweigerlich wird das Blut uns verbinden wie zwei Indianer am Feuer, die zwischen wilden Tieren Blutsbrüderschaft schließen. Es gibt keine Liebe, es gibt keine Liebe. Nein, Sie werden nichts treffen können, was nicht schon getroffen wäre, denn zuerst stirbt ein Mensch, dann sucht er seinen Tod und trifft ihn schließlich zufällig auf dem gefährlichen Weg von einem Licht zu einem anderen Licht, und er sagt: Das war es also schon.

DER DEALER Bitte, haben Sie im Lärm der Nacht nichts gesagt, was Sie von mir wünschten und das ich überhört hätte?

DER KUNDE Ich habe nichts gesagt; ich habe nichts gesagt. Und Sie, haben Sie mir in der Nacht, in der Dunkelheit, die so tief ist, dass es allzu lange dauert, bis man sich an sie gewöhnt, nichts angeboten, was ich nicht erraten hätte?

DER DEALER Nichts.

DER KUNDE Also, welche Waffe?

Bernard-Marie Koltès
geboren am 9.4.1948 in Metz, gestorben am 15.4.1989 in Paris. Regieausbildung an der Theaterschule des TNS in Strasbourg, arbeitete als Regisseur und Autor für Theater und Rundfunk, Reisen nach Südamerika und Afrika. Ibsen-Preis 1984.

Theaterstücke: *Bitternisse (Les amertumes).* Nach Maxim Gorki. Uraufführung: Théâtre du Quai Straßburg, 1970, Regie: Bernard-Marie Koltès. *Dumpfe Stimmen (Des voix sourdes).* U: Vereinigte Bühnen Graz/Steirischer Herbst, 7.10.1992, R: Peter Schubert. *Das Erbe (L'Héritage).* U: Schauspiel Bonn, 17.11.1991, R: Valentin Jeker. *Sallinger (Sallinger).* U: Théâtre de l'Eldorado Lyon, 1977, R: Bruno Boëglin. DE: Schauspiel Bonn, 15.12.1995, R: Valentin Jeker. *Die Nacht kurz vor den Wäldern (La nuit juste avant les forêts).* U: Festival d'Avignon, Juli 1977, R: Bernard-Marie Koltès. DE: Studiotheater München, Mai 1983, R: Sigrid Herzog. *Kampf des Negers und der Hunde (Combat de nègre et de chiens).* U: Théâtre des Amandiers Nanterre, 22.2.1983, R: Patrice Chéreau. DE: Schauspielhaus Zürich, 31.3.1984, R: Henri Hohenemser. *Quai West (Quai Ouest).* U: Publiekstheater Amsterdam, 19.10.1985, R: Stephan Stroux. DE: Schauspielhaus Bochum, 26.11.1986, R: Nicolas Brieger. *Tabataba (Tabataba).* Einakter. U: Théâtre Ouvert/Festival d'Avignon, 1986, R: Hammou Graïa. DE: Kulturzentrum in der Futterfabrik Aarau, Oktober 1991, R: Claudia Kort. *In der Einsamkeit der Baumwollfelder (Dans la solitude des champs de coton).* U: Théâtre des Amandiers Nanterre, 27.1.1987, R: Patrice Chéreau. DE: Kammerspiele München, 20.12.1987, R: Alexander Lang. *Rückkehr in die Wüste (Le retour au désert).* U: Thalia Theater Hamburg, 17.9.1988, R: Alexander Lang. *Roberto Zucco (Roberto Zucco).* U: Schaubühne am Lehniner Platz, 12.4.1990, R: Peter Stein
Prosa: *Flucht zu Pferd bis ans Ende der Stadt (La fuite a cheval tres loin dans la ville)*, Paris 1984. *Prolog (Prologue),* Paris 1991.

Simon Werle
geboren 1957, studierte Romanistik und Philosophie in München und Paris. Übersetzer – insbesondere von Theatertexten – aus dem Französischen, Englischen, Italienischen und Altgriechischen. Autor von Erzählungen, Opernlibretti und Theaterstücken.